Friedrich de la Motte Fouqué

# Undine

*Eine Erzählung*

Friedrich de la Motte Fouqué

**Undine**

*Eine Erzählung*

*ISBN/EAN: 9783955631505*

*Auflage: 1*

*Erscheinungsjahr: 2013*

*Erscheinungsort: Bremen, Deutschland*

*Leseklassiker*

# Undine

## Eine Erzählung

### Von

### Friedrich Baron de la Motte Fouqué

# Zueignung.

---

Undine, liebes Bildchen Du,
    Seit ich zuerst aus alten Kunden,
Dein seltsam Leuchten aufgefunden,
    Wie sangst Du oft mein Herz in Ruh!

Wie schmiegtest Du Dich an mich lind
    Und wolltest alle Deine Klagen
Ganz sacht nur in das Ohr mir sagen,
    Ein halb verwöhnt, halb scheues Kind!

Doch meine Zither tönte nach
    Aus ihrer goldbezognen Pforte
Jedwedes Deiner leisen Worte,
    Bis fern man davon hört und sprach.

Und manch ein Herz gewann Dich lieb
    Trotz Deinem launisch dunklen Wesen,
Und Viele mochten gerne lesen
    Ein Büchlein, das von Dir ich schrieb.

1

Heut wollen sie nun allzumal
　　Die Kunde wiederum vernehmen,
　　Darfst Dich, Undinchen, gar nicht schämen,
　　Nein, tritt vertraulich in den Saal!

Grüß' sittig jeden edlen Herrn,
　　Doch grüß' vor allem mit Vertrauen
　　Die lieben schönen deutschen Frauen;
　　Ich weiß, die haben Dich recht gern.

Und fragt dann eine wohl nach mir,
　　So sprich: „Er ist ein treuer Ritter
　　Und dient den Frau'n mit Schwert und Zither,
　　Bei Tanz und Mahl, Fest und Turnier."

# Erstes Kapitel.

### Wie der Ritter zu dem Fischer kam.

––––––––––

Es mögen nun wohl schon viele hundert Jahre her
sein, da gab es einmal einen alten guten Fischer;
der saß eines schönen Abends vor der Thür und flickte
seine Netze. Er wohnte aber in einer überaus anmutigen
Gegend. Der grüne Boden, worauf seine Hütte gebaut
war, streckte sich weit in einen großen Landsee hinaus,
und es schien eben so wohl, die Erdzunge habe sich aus
Liebe zu der bläulich-klaren, wunderhellen Flut in diese
hineingedrängt, als auch, das Wasser habe mit verliebten
Armen nach der schönen Aue gegriffen, nach ihren hoch-
schwankenden Gräsern und Blumen und nach dem
erquicklichen Schatten ihrer Bäume. Eins ging bei dem
andern zu Gaste, und eben deshalb war jegliches so
schön. Von Menschen freilich war an dieser hübschen
Stelle wenig oder gar nichts anzutreffen, den Fischer
und seine Hausleute ausgenommen. Denn hinter der
Erdzunge lag ein sehr wilder Wald, den die mehrsten
Leute wegen seiner Finsternis und Unwegsamkeit, wie
auch wegen der wundersamen Kreaturen und Gaukeleien,
die man darin antreffen sollte, allzusehr scheuten, um sich
ohne Not hinein zu begeben. Der alte fromme Fischer
jedoch durchschritt ihn ohne Anfechtung zu vielen Malen,
wenn er die köstlichen Fische, die er auf seiner schönen

3

Landzunge fing, nach einer großen Stadt trug, welche nicht sehr weit hinter dem großen Walde lag. Es ward ihm wohl mehrenteils deswegen so leicht, durch den Forst zu ziehen, weil er fast keine andre als fromme Gedanken hegte und noch außerdem jedesmal, wenn er die ver= rufenen Schatten betrat, ein geistliches Lied aus heller Kehle und aufrichtigem Herzen anzustimmen gewohnt war.

Da er nun an diesem Abend ganz arglos bei den Netzen saß, kam ihm doch ein unversehener Schrecken an, als er es im Waldesdunkel rauschen hörte, wie Roß und Mann, und sich das Geräusch immer näher nach der Landzunge heraus zog. Was er in manchen stürm= schen Nächten von den Geheimnissen des Forstes geträumt hatte, zuckte ihm nun auf einmal durch den Sinn, vor allem das Bild eines riesenmäßig langen, schneeweißen Mannes, der unaufhörlich auf eine seltsame Art mit dem Kopfe nickte. Ja, als er die Augen nach dem Walde aufhob, kam es ihm ganz eigentlich vor, als sähe er durch das Laubgegitter den nickenden Mann hervorkommen. Er nahm sich aber bald zusammen, erwägend, wie ihm doch niemals in dem Walde selbsten was Bedenkliches widerfahren sei, und also auf der freien Landzunge der böse Geist wohl noch minder Gewalt über ihn ausüben dürfe. Zugleich betete er recht kräftig einen biblischen Spruch laut aus dem Herzen heraus, wodurch ihm der kecke Muth auch zurückkam, und er fast lachend sah, wie sehr er sich geirrt hatte. Der weiße, nickende Mann ward nämlich urplötzlich zu einem ihm längst wohl= bekannten Bächlein, das schäumend aus dem Forste hervorrann und sich in den Landsee ergoß. Wer aber

das Geräusch verursacht hatte, war ein schön geschmückter
Ritter, der zu Roß durch den Baumschatten gegen die
Hütte vorgeritten kam. Ein scharlachroter Mantel hing
ihm über sein veilchenblaues, goldgesticktes Wams herab;
von dem goldfarbigen Barette wallten rote und
veilchenblaue Federn; am goldenen Wehrgehenke blitzte
ein ausnehmend schönes und reich verziertes Schwert.
Der weiße Hengst, der den Ritter trug, war schlankeren
Baues, als man es sonst bei Streitrossen zu sehen
gewohnt ist, und trat so leicht über den Rasen hin, daß
dieser grünbunte Teppich auch nicht die mindeste Ver=
letzung davon zu empfangen schien. Dem alten Fischer
war es noch immer nicht ganz geheuer zu Mut, obwohl
er einzusehen meinte, daß von einer so holden Er=
scheinung nichts Uebles zu befahren sei, weshalb er auch
seinen Hut ganz sittig vor dem näher kommenden Herrn
abzog und gelassen bei seinen Netzen verblieb. Da hielt
der Ritter stille und fragte, ob er wohl mit seinem Pferde
auf diese Nacht hier Unterkommen und Pflege finden
könne.—Was Euer Pferd betrifft, lieber Herr, entgegnete
der Fischer, so weiß ich ihm keinen bessern Stall anzu=
weisen, als diese beschattete Wiese, und kein besseres
Futter, als das Gras, welches darauf wächst. Euch
selbst aber will ich gerne in meinem kleinen Hause mit
Abendbrot und Nachtlager bewirten, so gut es unsereiner
hat.—Der Ritter war damit wohl zufrieden, er stieg
von seinem Rosse, welches die beiden gemeinschaftlich
losgürteten und loszügelten, und ließ es alsdann auf
den blumigen Anger hin laufen, zu seinem Wirte
sprechend: Hätt' ich Euch auch minder gastlich und
wohlmeinend gefunden, mein lieber alter Fischer, Ihr

wäret mich dennoch wohl für heute nicht wieder los=
geworden; denn, wie ich sehe, liegt vor uns ein breiter
See, und mit sinkendem Abend in den wunderlichen
Wald zurück zu reiten, davor bewahre mich der liebe
Gott! — Wir wollen nicht allzuviel davon reden, sagte
der Fischer und führte seinen Gast in die Hütte.

Darinnen saß bei dem Herde, von welchem aus ein
spärliches Feuer die dämmernde, reinliche Stube erhellte,
auf einem großen Stuhle des Fischers betagte Frau;
beim Eintritte des vornehmen Gastes stand sie freundlich
grüßend auf, setzte sich aber an ihren Ehrenplatz wieder
hin, ohne diesen dem Fremdling anzubieten, wobei der
Fischer lächelnd sagte: Ihr müßt es ihr nicht verübeln,
junger Herr, daß sie Euch den bequemsten Stuhl im
Hause nicht abtritt; das ist so Sitte bei armen Leuten,
daß der den Alten ganz ausschließlich gehört. — Ei,
Mann, sagte die Frau mit ruhigem Lächeln, wo denkst
Du auch hin?  Unser Gast wird doch zu den Christen=
menschen gehören, und wie könnte es alsdann dem lieben
jungen Blut einfallen, alte Leute von ihren Sitzen zu
verjagen? — Setzt Euch, mein junger Herr, fuhr sie,
gegen den Ritter gewandt, fort; es steht dorten noch ein
recht artiges Sesselein, nur müßt Ihr nicht allzu
ungestüm damit hin und her rutschen, denn das eine
Bein ist nicht allzu feste mehr. — Der Ritter holte den
Sessel achtsam herbei, ließ sich freundlich darauf nieder,
und es war ihm zu Mute, als sei er mit diesem kleinen
Haushalt verwandt und eben jetzt aus der Ferne dahin
heimgekehrt.

Die drei guten Leute fingen an höchst freundlich und
vertraulich mit einander zu sprechen.  Vom Walde, nach

welchem sich der Ritter einige Male erkundigte, wollte
der alte Mann freilich nicht viel wissen; am wenigsten,
meinte er, passe sich das Reden davon jetzt in der einbrechenden Nacht; aber von ihrer Wirtschaft und sonsti-
gem Treiben erzählten die beiden Eheleute desto mehr
und hörten auch gerne zu, als ihnen der Rittersmann von seinen Reisen vorsprach, und daß er eine
Burg an den Quellen der Donau habe und Herr
Huldbrand von Ringstetten geheißen sei. Mitten durch
das Gespräch hatte der Fremde schon bisweilen ein
Plätschern am niedrigen Fensterlein vernommen, als
spritze jemand Wasser dagegen. Der Alte runzelte bei
diesem Geräusche jedesmal unzufrieden die Stirn; als
aber endlich ein ganzer Guß gegen die Scheiben flog und
durch den schlecht verwahrten Rahmen in die Stube herein
sprudelte, stand er unwillig auf und rief drohend nach
dem Fenster hin: Undine! Wirst Du endlich einmal die
Kindereien lassen? und ist noch obenein heut ein fremder
Herr bei uns in der Hütte. — Es ward auch draußen
stille, nur ein leises Gekicher ließ sich noch vernehmen,
und der Fischer sagte zurückkommend: Das müßt Ihr
nun schon ihr zugutehalten, mein ehrenwerter Gast, und
vielleicht noch manche Ungezogenheiten mehr; aber sie
meint es nicht böse. Es ist nämlich unsere Pflegetochter
Undine, die sich das kindische Wesen gar nicht abgewöh-
nen will, ob sie gleich bereits in ihr achtzehntes Jahr
gehen mag. Wie gesagt, im Grunde ist sie doch von
ganzem Herzen gut.—Du kannst wohl sprechen! entgegnete kopfschüttelnd die Alte. Wenn Du so vom
Fischfang heimkommst oder von der Reise, da mag es
mit ihren Schäkereien ganz was Artiges sein. Aber sie

den ganzen Tag lang auf dem Halse haben und kein
kluges Wort hören und, statt bei wachsendem Alter Hülfe
im Haushalte zu finden, immer nur dafür sorgen müssen,
daß uns ihre Thorheiten nicht vollends zu Grunde richten,
—da ist es gar ein Andres, und die heilige Geduld
selbsten würd' es am Ende satt.—Nun, nun, lächelte der
Hausherr, Du hast es mit Undinen und ich mit dem See.
Reißt mir der doch auch oftmals meine Dämme und
Netze durch, aber ich hab' ihn dennoch gern, und Du mit
allem Kreuz und Elend das zierliche Kindlein auch.
Nicht wahr?—Ganz böse kann man ihr eben nicht
werden, sagte die Alte und lächelte beifällig.

Da flog die Thüre auf und ein wunderschönes Blond=
chen schlüpfte lachend herein und sagte: Ihr habt mich
nur gefoppt, Vater; wo ist denn nun Euer Gast?—
Selben Augenblicks aber ward sie auch den Ritter
gewahr und blieb staunend vor dem schönen Jüngling
stehen. Huldbrand ergötzte sich an der holden Gestalt
und wollte sich die lieblichen Züge recht achtsam ein=
prägen, weil er meinte, nur ihre Ueberraschung lasse ihm
Zeit dazu, und sie werde sich bald nachher in zwiefacher
Blödigkeit vor seinen Blicken abwenden. Es kam aber
ganz anders. Denn als sie ihn nun recht lange ange=
sehen hatte, trat sie zutraulich näher, kniete vor ihm
nieder und sagte, mit einem goldenen Schaupfennige, den
er an einer reichen Kette auf der Brust trug, spielend:
Ei Du schöner, Du freundlicher Gast, wie bist Du denn
endlich in unsere arme Hütte gekommen? Mußtest
Du denn Jahre lang in der Welt herumstreifen, bevor
Du Dich auch einmal zu uns fandest? Kommst Du aus
dem wüsten Walde, Du schöner Freund?—Die scheltende

Alte ließ ihm zur Antwort keine Zeit. Sie ermahnte
das Mädchen, fein ſittig aufzuſtehen und ſich an ihre
Arbeit zu begeben. Undine aber zog, ohne zu antworten,
eine kleine Fußbank neben Huldbrands Stuhl, ſetzte ſich
mit ihrem Gewebe darauf nieder und ſagte freundlich:
Hier will ich arbeiten. Der alte Mann that, wie Eltern
mit verzogenen Kindern zu thun pflegen. Er ſtellte
ſich, als merke er von Undinens Unart nichts, und wollte
von etwas Anderem anfangen. Aber das Mädchen ließ
ihn nicht dazu. Sie ſagte: Woher unſer holder Gaſt
kommt, habe ich ihn gefragt, und er hat mir noch nicht
geantwortet. — Aus dem Walde komme ich, Du ſchönes
Bildchen, entgegnete Huldbrand; und ſie ſprach weiter:
So mußt Du mir erzählen, wie Du da hinein kamſt, denn
die Menſchen ſcheuen ihn ſonſt, und was für wunderliche
Abenteuer Du darinnen erlebt haſt, weil es ohne der=
gleichen dorten nicht abgehen ſoll. — Huldbrand empfing
einen kleinen Schauer bei dieſer Erinnerung und blickte
unwillkürlich nach dem Fenſter, weil es ihm zu Mute
war, als müſſe eine von den ſeltſamlichen Geſtalten, die
ihm im Forſte begegnet waren, von dort hereingrinſen;
er ſah nichts, als die tiefe, ſchwarze Nacht, die nun bereits
draußen vor den Scheiben lag. Da nahm er ſich zu=
ſammen und wollte eben ſeine Geſchichte anfangen, als
ihn der Alte mit den Worten unterbrach: Nicht alſo,
Herr Ritter! zu dergleichen iſt jetzund keine gute Zeit. —
Undine aber ſprang zornmütig von ihrem Bänkchen auf,
ſetzte die ſchönen Arme in die Seiten und rief, ſich dicht
vor den Fiſcher hinſtellend: Er ſoll nicht erzählen,
Vater? er ſoll nicht? Ich aber will's; er ſoll, er ſoll
doch! — Und damit trat das zierliche Füßchen heftig

gegen den Boden, aber das alles mit solch einem drollig anmutigen Anstande, daß Huldbrand jetzt in ihrem Zorn fast weniger noch die Augen von ihr wegbringen konnte, als vorher in ihrer Freundlichkeit. Bei dem Alten hingegen brach der zurückgehaltene Unwille in vollen Flammen aus. Er schalt heftig auf Undinens Ungehorsam und unsittiges Betragen gegen den Fremden, und die gute alte Frau stimmte mit ein. Da sagte Undine: Wenn Ihr zanken wollt und nicht thun, was ich haben will, so schlaft allein in Eurer alten, räuchrigen Hütte!— Und wie ein Pfeil war sie aus der Thür und flüchtigen Laufes in die finstere Nacht hinaus.

## Zweites Kapitel.

Auf welche Weise Undine zu dem Fischer gekommen war.

---

Huldbrand und der Fischer sprangen von ihren Sitzen und wollten dem zürnenden Mädchen nach. Ehe sie aber in die Hüttenthür gelangten, war Undine schon lange in dem wolfigen Dunkel draußen verschwunden, und kein Geräusch ihrer leichten Füße verriet, wohin sie ihren Lauf wohl gerichtet haben könne. Huldbrand sah fragend nach seinem Wirte; fast kam es ihm vor, als sei die ganze liebliche Erscheinung, die so schnell in die Nacht wieder untergetaucht war, nichts Andres gewesen, als eine Fortsetzung der wunderlichen Gebilde, die früher im Forste ihr loses Spiel mit ihm getrieben hatten; aber der alte Mann murmelte in seinen Bart: Es ist nicht das erste Mal, daß sie es uns also macht. Nun hat man die Angst auf dem Herzen und den Schlaf aus den Augen für die ganze Nacht; denn wer weiß, ob sie nicht dennoch einmal Schaden nimmt, wenn sie so draußen im Dunkel allein ist bis an das Morgenrot. — So laßt uns ihr doch nach, Vater, um Gott! rief Huldbrand ängstlich aus. Der Alte erwiderte: Wozu das? Es wär' ein sündlich Werk, ließ' ich Euch in Nacht und Einsamkeit dem thörichten Mädchen so ganz alleine folgen, und meine alten Beine holen den Springinsfeld nicht ein, wenn man auch wüßte, wohin sie gerannt ist. — Nun müssen

11

wir ihr doch nachrufen mindestens und sie bitten, daß
sie wiederkehrt, sagte Huldbrand und begann auf das
beweglichste zu rufen: Undine, ach Undine! komm' doch
zurück!—Der Alte wiegte sein Haupt hin und her,
sprechend, all das Geschrei helfe am Ende zu nichts; der
Ritter wisse noch nicht, wie trotzig die Kleine sei.   Dabei
aber konnte er es doch nicht unterlassen, öfters mit in
die finstere Nacht hinaus zu rufen:   Undine, ach liebe
Undine!  Ich bitte Dich, komme doch nur dies eine Mal
zurück.

Es ging indessen, wie es der Fischer gesagt hatte.
Keine Undine ließ sich hören oder sehen, und weil der
Alte durchaus nicht zugeben wollte, daß Huldbrand der
Entflohenen nachspüre, mußten sie endlich beide wieder in
die Hütte gehen.   Hier fanden sie das Feuer des Herdes
beinahe erloschen, und die Hausfrau, die sich Undinens
Flucht und Gefahr bei weitem nicht so zu Herzen nahm,
als ihr Mann, war bereits zur Ruhe gegangen.   Der
Alte hauchte die Kohlen wieder an, legte trocknes Holz
darauf und suchte bei der wieder auflodernden Flamme
einen Krug mit Wein hervor, den er zwischen sich und
seinen Gast stellte.—Euch ist auch angst wegen des dum=
men Mädchens, Herr Ritter, sagte er, und wir wollen
lieber einen Teil der Nacht verplaudern und vertrinken,
als uns auf den Schilfmatten vergebens nach dem
Schlafe herumwälzen.   Nicht wahr?—Huldbrand war
gerne damit zufrieden, der Fischer nötigte ihn auf den
ledigen Ehrenplatz der schlafen gegangenen Hausfrau, und
beide tranken und sprachen mit einander, wie es zwei
wackern und zutraulichen Männern geziemt.   Freilich,
so oft sich vor den Fenstern das Geringste regte, oder

auch bisweilen, wenn sich gar nichts regte, sah einer von
den beiden in die Höhe, sprechend: Sie kommt! —
Dann wurden sie ein paar Augenblicke stille und fuhren
nachher, da nichts erschien, kopfschüttelnd und seufzend in
ihren Reden fort.

Weil aber nun beide an fast gar nichts Anderes zu
denken vermochten als an Undinen, so mußten sie auch
nichts Besseres als, — der Ritter, zu hören, welcherge=
stalt Undine zu dem alten Fischer gekommen sei, — der
alte Fischer, eben diese Geschichte zu erzählen. Deshal=
ben hub er folgendermaßen an.

Es sind nun wohl fünfzehn Jahre vergangen, da zog
ich einmal durch den wüsten Wald mit meiner Ware nach
der Stadt. Meine Frau war daheim geblieben, wie
gewöhnlich, und solches zu der Zeit auch noch um einer
gar hübschen Ursache willen; denn Gott hatte uns in un=
serm damals schon ziemlich hohen Alter ein wunder=
schönes Kindlein beschert. Es war ein Mägdlein, und
die Rede ging bereits unter uns, ob wir nicht dem neuen
Ankömmlinge zu Frommen unsre schöne Landzunge ver=
lassen wollten, um die liebe Himmelsgabe künftig an
bewohnbaren Orten besser aufzuziehen. Es ist freilich
bei armen Leuten nicht so damit, wie Ihr es meinen
mögt, Herr Ritter; aber, lieber Gott! jedermann muß
doch einmal thun, was er vermag. — Nun, mir ging un=
terwegs die Geschichte ziemlich im Kopfe herum. Diese
Landzunge war mir so im Herzen lieb, und ich fuhr or=
dentlich zusammen, wenn ich unter dem Lärm und Gezänk
in der Stadt bei mir selbsten denken mußte: In solcher
Wirtschaft nimmst auch du nun mit nächstem deinen
Wohnsitz oder doch in einer nicht viel stilleren! — Dabei

aber hab' ich nicht gegen unsern lieben Herrgott gemurret, vielmehr ihm im Stillen für das Neugeborene gedankt; ich müßte auch lügen, wenn ich sagen wollte, mir wäre auf dem Hin= oder Rückwege durch den Wald irgend etwas Bedenklicheres aufgestoßen, als sonst, wie ich denn nie etwas Unheimliches dorten gesehen habe. Der Herr war immer mit mir in den verwunderlichen Schatten.

Da zog er sein Mützchen von dem kahlen Schädel und blieb eine Zeit lang in betenden Gedanken sitzen. Dann bedeckte er sich wieder und sprach fort.

Diesseits des Waldes, ach diesseits, da zog mir das Elend entgegen. Meine Frau kam gegangen mit strö= menden Augen wie zwei Bäche; sie hatte Trauerkleider angelegt. — O lieber Gott, ächzte ich, wo ist unser liebes Kind? Sag' an! — Bei dem, den Du rufest, lieber Mann, entgegnete sie, und wir gingen nun still weinend mit einander in die Hütte. — Ich suchte nach der kleinen Leiche; da erfuhr ich erst, wie alles gekommen war. Am Seeufer hatte meine Frau mit dem Kinde gesessen, und wie sie so recht sorglos und selig mit ihm spielt, bückt sich die Kleine auf einmal vor, als sehe sie etwas ganz Wunderschönes im Wasser; meine Frau sieht sie noch lachen, den lieben Engel, und mit den Händen greifen; aber im Augenblick schießt sie ihr durch die rasche Bewegung aus den Armen und in den feuchten Spiegel hinunter. Ich habe viel gesucht nach der kleinen Toten; es war zu nichts; auch keine Spur von ihr war zu finden. —

Nun, wir verwaisten Eltern saßen denn noch selbigen Abends still beisammen in der Hütte; zu reden hatte keiner Lust von uns, wenn man es auch gekonnt hätte

vor Thränen. Wir sahen so in das Feuer des Herdes
hinein. Da raschelt was draußen an der Thür; sie
springt auf; ein wunderschönes Mägdlein von etwa drei,
vier Jahren steht reich geputzt auf der Schwelle und
lächelt uns an. Wir bleiben ganz stumm vor Erstaunen,
und ich wußte erst nicht, war es ein ordentlicher kleiner
Mensch, war es bloß ein gaukelhaftes Bildniß. Da sah
ich aber das Wasser von den goldenen Haaren und den
reichen Kleidern herabtröpfeln und merkte nun wohl, das
schöne Kindlein habe im Wasser gelegen, und Hülfe thue
ihm not.—Frau, sagte ich, uns hat Niemand unser
liebes Kind erretten können; wir wollen doch wenigstens
an andern Leuten thun, was uns selig auf Erden
machen würde, vermöchte es jemand an uns zu thun. —
Wir zogen die Kleine aus, brachten sie zu Bett und
reichten ihr wärmende Getränke, wobei sie kein Wort
sprach und uns bloß aus den beiden seeblauen Augen-
himmeln immerfort lächelnd anstarrte.

Des andern Morgens ließ sich wohl abnehmen, daß
sie keinen weitern Schaden genommen hatte, und ich
fragte nun nach ihren Eltern und wie sie hierher gekommen sei. Das aber gab eine verworrene, wundersamliche
Geschichte. Von weit her muß sie wohl gebürtig sein,
denn nicht nur daß ich diese fünfzehn Jahre her nichts
von ihrer Herkunft erforschen konnte, so sprach und spricht
sie auch bisweilen so absonderliche Dinge, daß unsereins
nicht weiß, ob sie am Ende nicht gar vom Monde herunter gekommen sein könne. Da ist die Rede von goldenen Schlössern, von krystallnen Dächern und Gott weiß,
wovon noch mehr. Was sie am deutlichsten erzählte,
war, sie sei mit ihrer Mutter auf dem großen See spa-

zieren gefahren, aus der Barke ins Wasser gefallen und habe ihre Sinne erst hier unter den Bäumen wiederge= funden, wo ihr an dem lustigen Ufer recht behaglich zu Mute geworden sei.

Nun hatten wir noch eine große Bedenklichkeit und Sorge auf dem Herzen. Daß wir an der lieben Er= trunkenen Stelle die Gefundene behalten und auferziehen wollten, war freilich sehr bald ausgemacht; aber wer konnte nun wissen, ob das Kind getauft sei oder nicht? Sie selber wußte darüber keine Auskunft zu geben. Daß sie eine Kreatur sei, zu Gottes Preis und Freude ge= schaffen, wisse sie wohl, antwortete sie uns mehrenteils, und was zu Gottes Preis und Freude gereiche, sei sie auch bereit mit sich vornehmen zu lassen. — Meine Frau und ich dachten so: Ist sie nicht getauft, so giebt's da nichts zu zögern; ist sie es aber doch, so kann bei guten Dingen zu wenig eher schaden, als zu viel. Und dem zufolge sannen wir auf einen guten Namen für das Kind, das wir ohnehin noch nicht ordentlich zu rufen wußten. Wir meinten endlich, Dorothea werde sich am besten für sie schicken, weil ich einmal gehört hatte, das heiße Gottes= gabe, und sie uns doch von Gott als eine Gabe zugesandt war, als ein Trost in unserm Elend. Sie hingegen wollte nichts davon hören und meinte, Undine sei sie von ihren Eltern genannt worden, Undine wolle sie auch ferner heißen. Nun kam mir das wie ein heidnischer Name vor, der in keinem Kalender stehe, und ich holte mir deshalben Rat bei einem Priester in der Stadt. Der wollte auch nichts von dem Undinen=Namen hören und kam auf mein vieles Bitten mit mir durch den ver= wunderlichen Wald zu Vollziehung der Taufhandlung

hier herein in meine Hütte. Die Kleine stand so hübsch
geschmückt und holdselig vor uns, daß dem Priester als=
bald sein ganzes Herz vor ihr aufging, und sie wußte
ihm so artig zu schmeicheln und mitunter so drollig zu
trotzen, daß er sich endlich auf keinen der Gründe, die er
gegen den Namen Undine vorrätig gehabt hatte, mehr
besinnen konnte. Sie ward denn also Undine getauft und
betrug sich während der heiligen Handlung außerordentlich
sittig und anmutig, so wild und unstät sie auch übrigens
immer war. Denn darin hat meine Frau ganz recht:
was Tüchtiges haben wir mit ihr auszustehen gehabt.
Wenn ich Euch erzählen sollte —

Der Ritter unterbrach den Fischer, um ihn auf ein
Geräusch wie von gewaltig rauschenden Wasserfluten
aufmerksam zu machen, das er schon früher zwischen den
Reden des Alten vernommen hatte und das nun mit
wachsendem Ungestüm vor den Hüttenfenstern dahin=
strömte. Beide sprangen nach der Thür. Da sahen sie
draußen im jetzt aufgegangenen Mondlicht den Bach, der
aus dem Walde hervor rann, wild über seine Ufer hinaus=
gerissen und Steine und Holzstämme in reißenden Wir=
beln mit sich fortschleudern. Der Sturm brach, wie von
dem Getöse erweckt, aus den mächtigen Gewölken, diese
pfeilschnell über den Mond hin jagend, hervor; der See
heulte unter des Windes schlagenden Fittichen, die
Bäume der Landzunge ächzten von Wurzel zu Wipfel
hinauf und beugten sich wie schwindelnd über die
reißenden Gewässer. — Undine! um Gotteswillen, Un=
dine! riefen die zwei beängstigten Männer. — Keine
Antwort kam ihnen zurück, und achtlos nun jeglicher
andern Erwägung, rannten sie, suchend und rufend, einer
hier=, der andere dorthin aus der Hütte fort.

# Drittes Kapitel.

### Wie sie Undinen wiederfanden.

———

Dem Huldbrand ward es immer ängstlicher und ver=
worrener zu Sinn, je länger er unter den nächt=
lichen Schatten suchte, ohne zu finden. Der Gedanke,
Undine sei nur eine bloße Walderscheinung gewesen,
bekam aufs neue Macht über ihn, ja, er hätte unter dem
Geheul der Wellen und Stürme, dem Krachen der Bäume,
der gänzlichen Umgestaltung der kaum noch so still
anmutigen Gegend die ganze Landzunge sammt der
Hütte und ihren Bewohnern fast für eine trügerisch
neckende Bildung gehalten; aber von fern hörte er doch
immer noch des Fischers ängstliches Rufen nach Undinen,
der alten Hausfrau lautes Beten und Singen durch das
Gebraus. Da kam er endlich dicht an des übergetretenen
Baches Rand und sah im Mondenlicht, wie dieser seinen
ungezähmten Lauf grade vor den unheimlichen Wald hin
genommen hatte, so daß er nun die Erdspitze zur Insel
machte. — O lieber Gott, dachte er bei sich selbst, wenn
es Undine gewagt hätte, ein paar Schritte in den fürch=
terlichen Forst hinein zu thun, vielleicht eben in ihrem
anmutigen Eigensinn, weil ich ihr nichts davon erzählen
sollte, — und nun wäre der Strom dazwischengerollt,
und sie weinte nun einsam drüben bei den Gespenstern!
— Ein Schrei des Entsetzens entfuhr ihm, und er klomm

18

einige Steine und umgestürzte Fichtenstämme hinab, um
in den reißenden Strom zu treten und watend oder
schwimmend die Verirrte drüben zu suchen.    Es fiel ihm
zwar alles Grausenvolle und Wunderliche ein, was ihm
schon bei Tage unter den jetzt rauschenden und heulenden
Zweigen begegnet war; vorzüglich kam es ihm vor, als
stehe ein langer, weißer Mann, den er nur allzugut
kannte, grinsend und nickend am jenseitigen Ufer; aber
eben diese ungeheuren Bilder rissen ihn gewaltig nach sich
hin, weil er bedachte, daß Undine in Todesängsten unter
ihnen sei, und allein.

Schon hatte er einen starken Fichtenast ergriffen und
stand, auf diesen gestützt, in den wirbelnden Fluten,
gegen die er sich kaum aufrecht zu erhalten vermochte;
aber er schritt getrosten Mutes tiefer hinein.    Da rief es
neben ihm mit anmutiger Stimme: Trau' nicht, trau'
nicht! Er ist tückisch, der Alte, der Strom! — Er kannte
diese lieblichen Laute, er stand wie bethört unter den
Schatten, die sich eben dunkel über den Mond gelegt
hatten, und ihn schwindelte vor dem Gerolle der Wogen,
die er pfeilschnell an seinen Schenkeln hinschießen sah.
Dennoch wollte er nicht ablassen. — Bist Du nicht wirk=
lich da, gaukelst Du nur neblicht um mich her, so mag
auch ich nicht leben und will ein Schatten werden, wie
Du, Du liebe, liebe Undine! Dies rief er laut und schritt
wieder tiefer in den Strom. — Sieh Dich doch um, ei
sieh Dich doch um, Du schöner, bethörter Jüngling! so
rief es abermals dicht bei ihm, und seitwärts blickend sah
er im eben sich wieder enthüllenden Mondlicht unter den
Zweigen hochverschlungener Bäume auf einer durch die
Ueberschwemmung gebildeten kleinen Insel Undinen

lächelnd und lieblich in die blühenden Gräser hinge=
schmiegt.

O wie viel freudiger brauchte nun der junge Mann
seinen Fichtenast zum Stabe, als vorhin! Mit wenigen
Schritten war er durch die Flut, die zwischen ihm und
dem Mägdlein hinstürmte, und neben ihr stand er auf der
kleinen Rasenstelle, heimlich und sicher von den uralten
Bäumen überrauscht und beschirmt. Undine hatte sich
etwas emporgerichtet und schlang nun in dem grünen
Laubgezelte ihre Arme um seinen Nacken, so daß sie ihn
auf ihren weichen Sitz neben sich niederzog.—Hier sollst
Du mir erzählen, hübscher Freund, sagte sie leise flüsternd,
hier hören uns die grämlichen Alten nicht. Und so viel
als ihre ärmliche Hütte ist doch hier unser Blätterdach
wohl noch immer wert. — Es ist der Himmel! sagte
Huldbrand und umschlang inbrünstig küssend die schmei=
chelnde Schöne.

Da war unterdessen der alte Fischer an das Ufer des
Stromes gekommen und rief zu den beiden jungen Leuten
herüber· Ei, Herr Ritter, ich habe Euch aufgenommen,
wie es ein biederherziger Mann dem andern zu thun
pflegt, und nun kos't Ihr mit meinem Pflegekinde so
heimlich und laßt mich noch obendrein in der Angst nach
ihr durch die Nacht umherlaufen. — Ich habe sie selbst
erst eben jetzt gefunden, alter Vater, rief ihm der Ritter
zurück. — Desto besser, sagte der Fischer, aber nun bringt
sie mir auch ohne Verzögern an das feste Land herüber.
Davon aber wollte Undine wieder gar nichts hören.
Sie meinte, eher wolle sie mit dem schönen Fremden in
den wilden Forst vollends hinein, als wieder in die
Hütte zurück, wo man ihr nicht ihren Willen thue, und

aus welcher der hübsche Ritter doch über kurz oder lang
scheiden werde.   Mit unsäglicher Anmut sang sie, Huld=
branden umschlingend:

> Aus dunst'gem Thal die Welle,
> Sie rann und sucht' ihr Glück;
> Sie kam ins Meer zur Stelle
> Und rinnt nicht mehr zurück.

Der alte Fischer weinte bitterlich in ihr Lied, aber es
schien sie nicht sonderlich zu rühren.   Sie küßte und
streichelte ihren Liebling, der endlich zu ihr sagte:
Undine, wenn Dir des alten Mannes Jammer das Herz
nicht trifft, so trifft er's mir.   Wir wollen zurück zu ihm!
— Verwundert schlug sie die großen, blauen Augen
gegen ihn auf und sprach endlich langsam und zögernd:
Wenn Du es so meinst, — gut; mir ist alles recht, was
Du meinst.   Aber versprechen muß mir erst der alte
Mann da drüben, daß er Dich ohne Widerrede will
erzählen lassen, was Du im Walde gesehn hast, und —
nun das Andere findet sich wohl. — Komm nur, komm!
rief der Fischer ihr zu, ohne mehr Worte herausbringen
zu können.   Zugleich streckte er seine Arme weit über die
Flut ihr entgegen und nickte mit dem Kopfe, um ihr die
Erfüllung ihrer Forderung zuzusagen, wobei ihm die
weißen Haare seltsam über das Gesicht herüber fielen,
und Huldbrand an den nickenden weißen Mann im Forste
denken mußte.   Ohne sich aber durch irgend etwas irre
machen zu lassen, faßte der junge Rittersmann das schöne
Mädchen in seine Arme und trug sie über den kleinen
Raum, welchen der Strom zwischen ihrem Inselchen und
dem festen Ufer durchbrauste.   Der Alte fiel um Undinens
Hals und konnte sich gar nicht satt freuen und küssen;

auch die alte Frau kam herbei und schmeichel* der Wiedergefundenen auf das herzlichste. Von Vorwürfen war gar nicht die Rede mehr, um so minder, da auch Undine, ihres Trotzes vergessend, die beiden Pflegeeltern mit anmutigen Worten und Liebkosungen fast über= schüttete.

Als man endlich nach der Freude des Wiederhabens sich recht besann, blickte schon das Morgenrot leuchtend über den Landsee herein; der Sturm war stille ge= worden; die Vöglein sangen lustig auf den genäßten Zweigen. Weil nun Undine auf der Erzählung der verheißenen Geschichte des Ritters bestand, fügten sich die beiden Alten lächelnd und willig in ihr Begehr. Man brachte ein Frühstück unter die Bäume, welche hinter der Hütte gegen den See zu standen, und setzte sich, von Herzen vergnügt, dabei nieder, — Undine, weil sie es durchaus nicht anders haben wollte, zu den Füßen des Ritters ins Gras. Hierauf begann Huldbrand folgender= maßen zu sprechen.

## Viertes Kapitel.

Von dem, was dem Ritter im Walde begegnet war.

---

Es mögen nun etwa acht Tage her sein, da ritt ich in die freie Reichsstadt ein, welche dort jenseits des Forstes gelegen ist. Bald darauf gab es darin ein schönes Turnieren und Ringelrennen, und ich schonte meinen Gaul und meine Lanze nicht. Als ich nun einmal an den Schranken stillhalte, um von der lustigen Arbeit zu rasten, und den Helm an einen meiner Knappen zurückreiche, fällt mir ein wunderschönes Frauenbild in die Augen, das im allerherrlichsten Schmuck auf einem der Altane stand und zusah. Ich fragte meinen Nachbar und erfuhr, die reizende Jungfrau heiße Bertalda und sei die Pflegetochter eines der mächtigen Herzoge, die in dieser Gegend wohnen. Ich merkte, daß sie auch mich ansah, und wie es bei uns jungen Rittern zu kommen pflegt: hatte ich erst brav geritten, so ging es nun noch ganz anders los. Den Abend beim Tanze war ich Bertalda's Gefährte, und das blieb so alle Tage des Festes hindurch.

Ein empfindlicher Schmerz an seiner linken herunterhängenden Hand unterbrach hier Huldbrands Rede und zog seine Blicke nach der schmerzenden Stelle. Undine hatte ihre Perlenzähne scharf in seine Finger gesetzt und sah dabei recht finster und unwillig aus. Plötzlich aber schaute sie ihm freundlich=wehmütig in die Augen und flüsterte ganz leise: Ihr macht es auch darnach. — Dann verhüllte sie ihr Gesicht, und der Ritter fuhr seltsam ver= wirrt und nachdenklich in seiner Geschichte fort.

Es ist eine hochmütige, wunderliche Maid, diese Ber= talda. Sie gefiel mir auch am zweiten Tage schon lange nicht mehr, wie am ersten, und am dritten noch minder. Aber ich blieb um sie, weil sie freundlicher gegen mich war, als gegen andere Ritter, und so kam es auch, daß ich sie im Scherz um einen ihrer Handschuhe bat. — Wenn Ihr mir Nachricht bringt und Ihr ganz allein, sagte sie, wie es im berüchtigten Forste aussieht. — Mir lag eben nicht so viel an ihrem Handschuhe, aber gesprochen war gesprochen, und ein ehrliebender Ritters= mann läßt sich zu solchem Probestücke nicht zweimal mahnen.

Ich denke, sie hatte Euch lieb? unterbrach ihn Undine.

Es sah so aus, entgegnete Huldbrand.

Nun, rief das Mädchen lachend, die muß recht dumm sein. Von sich zu jagen, was einem lieb ist, und vollends in einen verrufenen Wald hinein! Da hätte der Wald und sein Geheimnis lange für mich warten können!

Ich machte mich denn gestern morgen auf den Weg, fuhr der Ritter, Undinen freundlich anlächelnd, fort. Die Baumstämme blitzten so rot und schlank im Morgen= lichte, das sich hell auf den grünen Rasen hinstreckte, die Blätter flüsterten so lustig mit einander, daß ich in meinem Herzen über die Leute lachen mußte, die an diesem vergnüglichen Orte irgend etwas Unheimliches erwarten konnten. Der Wald soll bald durchtrabt sein,

hin und zurück, sagte ich in behaglicher Fröhlichkeit zu
mir selbst und, eh' ich noch daran dachte, war ich tief in
die grünenden Schatten hinein, und nahm nichts mehr
von der hinter mir liegenden Ebene wahr. Da fiel es
mir erst aufs Herz, daß ich mich auch in dem gewaltigen
Forste gar leichtlich verirren könne, und daß dieses
vielleicht die einzige Gefahr sei, welche den Wanders=
mann allhier bedrohe. Ich hielt daher stille und sah
mich nach dem Stande der Sonne um, die unterdessen
etwas höher gerückt war. Indem ich nun so emporblicke,
sehe ich ein schwarzes Ding in den Zweigen einer hohen
Eiche. , Ich denke schon, es ist ein Bär, und fasse nach
meiner Klinge; da sagt es mit einer Menschenstimme,
aber recht rauh und häßlich herunter: Wenn ich hier
oben nicht die Zweige abknusperte, woran solltest Du
denn heut um Mitternacht gebraten werden, Herr Nase=
weis? — Und dabei grinst es und raschelt mit den
Ästen, daß mein Gaul toll wird und mit mir durchgeht,
eh' ich noch Zeit gewinnen konnte, zu sehen, was es denn
eigentlich für eine Teufelsbestie war.

Den müßt Ihr nicht nennen, sagte der alte Fischer und
kreuzte sich; die Hausfrau that schweigend desgleichen;
Undine sah ihren Liebling mit hellen Augen an,
sprechend: Das Beste bei der Geschichte ist, daß sie ihn
doch nicht wirklich gebraten haben. Weiter, Du hübscher
Jüngling!

Der Ritter fuhr in seiner Erzählung fort: Ich wäre
mit meinem scheuen Pferde fast gegen Baumstämme und
Äste angerannt; es triefte vor Angst und Erhitzung und
wollte sich noch immer nicht halten lassen. Zuletzt ging
es grade auf einen steinigen Abgrund los; da kam mir's

plötzlich vor, als werfe sich ein langer, weißer Mann dem tollen Hengste quer vor in seinen Weg; der entsetzte sich davor und stand; ich kriegte ihn wieder in meine Gewalt und sah nun erst, daß mein Retter kein weißer Mann war, sondern ein silberheller Bach, der sich neben mir von einem Hügel herunterstürzte, meines Rosses Lauf ungestüm kreuzend und hemmend.

Danke, lieber Bach! rief Undine, in die Händchen klopfend. Der alte Mann aber sah kopfschüttelnd, in tiefem Sinnen vor sich nieder.

Ich hatte mich noch kaum im Sattel wieder zurecht= gesetzt und die Zügel wieder ordentlich recht gefaßt, fuhr Huldbrand fort, so stand auch schon ein wunderliches Männlein zu meiner Seiten, winzig und häßlich über alle Maßen, ganz braungelb und mit einer Nase, die nicht viel kleiner war, als der ganze übrige Bursche selbst. Dabei grinste er mit einer recht dummen Höflichkeit aus dem breitgeschlitzten Maule hervor und machte viele tausend Scharrfüße und Bücklinge gegen mich. Weil mir nun das Possenspiel sehr mißbehagte, dankte ich ihm ganz kurz, warf meinen noch immer zitternden Gaul herum und gedachte mir ein anderes Abenteuer oder, dafern ich keins fände, den Heimweg zu suchen, denn die Sonne war während meiner tollen Jagd schon über die Mittagshöhe gen Westen gegangen. Da sprang aber der kleine Kerl mit einer blitzschnellen Wendung herum und stand abermals vor meinem Hengste. — Platz da! sagte ich verdrießlich; das Tier ist wild und rennet Dich leichtlich um. — Ei, schnarrte das Kerlchen und lachte noch viel entsetzlich dummer, schenkt mir doch erst ein Trinkgeld, denn ich hab' ja Euer Rösselein aufgefangen;

lägt Ihr doch ohne mich sammt Eurem Rösselein in der
Steinkluft da unten; hu! — Schneide nur keine Gesichter
weiter, sagte ich, und nimm Dein Geld hin, wenn Du
auch lügst; denn siehe, der gute Bach dorten hat mich
gerettet, nicht aber Du, höchst ärmlicher Wicht! — Und
zugleich ließ ich ein Goldstück in seine wunderliche Mütze
fallen, die er bettelnd vor mir abgezogen hatte. Dann
trabte ich weiter; er aber schrie hinter mir drein und war
plötzlich mit unbegreiflicher Schnelligkeit neben mir.

Ich sprengte mein Roß im Galopp an; er galoppirte
mit, so sauer es ihm zu werden schien, und so wunderliche, halb lächerliche, halb gräßliche Verrenkungen er
dabei mit seinem Leibe vornahm, wobei er immerfort das
Goldstück in die Höhe hielt und bei jedem Galopp-
sprunge schrie: Falsch' Geld! falsche Münz'! Falsche
Münz', falsch' Geld! Und das krächzte er aus so hohler
Brust heraus, daß man meinte, er müsse nach jeglichem
Schreie tot zu Boden stürzen. Auch hing ihm die
häßlich-rote Zunge weit aus dem Schlunde. Ich hielt
verstört; ich fragte: Was willst Du mit Deinem
Geschrei? Nimm noch ein Goldstück, nimm noch zwei,
aber dann laß ab von mir! — Da fing er wieder mit
seinem häßlich-höflichen Grüßen an und schnarrte: Gold
eben nicht, Gold soll es eben nicht sein, mein Jung-
herrlein! des Spaßes hab' ich selbsten allzuviel, will's
Euch mal zeigen.

Da ward es mir auf einmal, als könn' ich durch den
grünen festen Boden durchsehen, als sei er grünes Glas
und die ebene Erde kugelrund, und drinnen hielten eine
Menge Kobolde ihr Spiel mit Silber und Gold. Kopf-
auf, kopfunten kugelten sie sich herum, schmissen einander

zum Spaß mit den edlen Metallen und pusteten sich den Goldstaub neckend in's Gesicht. Mein häßlicher Gefährte stand halb drinnen, halb draußen; er ließ sich sehr, sehr viel Gold von den anderen heraufreichen und zeigte es mir lachend und schmiß es dann immer wieder klingend in die unermeßlichen Klüfte hinab. Dann zeigte er wieder mein Goldstück, das ich ihm geschenkt hatte, den Kobolden drunten, und die wollten sich darüber halb tot lachen und zischten mich aus. Endlich reckten sie alle die spitzigen, metallschmutzigen Finger gegen mich aus, und wilder und wilder, und dichter und dichter, und toller und toller klomm das Gewimmel gegen mich herauf, — da erfaßte mich ein Entsetzen, wie vorhin meinen Gaul; ich gab ihm beide Sporen und weiß nicht, wie weit ich zum zweiten Male toll in den Wald hineingejagt bin.

Als ich nun endlich wieder stillhielt, war es abendkühl um mich her. Durch die Zweige sah ich einen weißen Fußpfad leuchten, von dem ich meinte, er müsse aus dem Forste nach der Stadt zurückführen. Ich wollte mich dahin durcharbeiten; aber ein ganz weißes, undeutliches Antlitz mit immer wechselnden Zügen sah mir zwischen den Blättern entgegen; ich wollte ihm ausweichen, aber wo ich hinkam, war es auch. Ergrimmt gedacht' ich endlich mein Roß darauf loszutreiben, da sprudelte es mir und dem Pferde weißen Schaum entgegen, daß wir beide geblendet umwenden mußten. So trieb es uns von Schritt zu Schritt immer von dem Fußsteig abwärts und ließ uns überhaupt nur nach einer einzigen Richtung hin den Weg noch frei. Zogen wir aber auf dieser fort, so war es wohl dicht hinter uns, that uns jedoch nicht das Geringste zu Leide. Wenn ich mich dann bisweilen

nach ihm umsah, merkte ich wohl, daß das weiße,
sprudelnde Antlitz auf einem eben so weißen, höchst
riesenmäßigen Körper saß. Manchmal dacht' ich auch, als
sei es ein wandelnder Springbronn, aber ich konnte nie=
mals recht darüber zur Gewißheit kommen. Ermüdet gaben
Roß und Reiter dem weißen Manne nach, der uns immer
mit dem Kopfe zunickte, als wolle er sagen: Schon recht,
schon recht! — Und so sind wir endlich an das Ende des
Waldes hier herausgekommen wo ich Rasen und Seeflut
und Eure kleine Hütte sah, und wo der lange weiße
Mann verschwand.

Gut, daß er fort ist, sagte der alte Fischer, und nun
begann er davon zu sprechen, wie sein Gast auf die beste
Weise wieder zu seinen Leuten nach der Stadt zurück
gelangen könne. Darüber fing Undine an ganz leise in
sich selbst hinein zu kichern. Huldbrand merkte es und
sagte: Ich dachte, Du sähest mich gern hier; was freust
Du Dich denn nun, da von meiner Abreise die Rede ist?

Weil Du nicht fortkannst, entgegnete Undine. Prob'
es doch mal durch den übergetretenen Waldstrom zu
setzen, mit Kahn, mit Roß oder allein, wie Du Lust
hast. Oder prob' es lieber nicht, denn Du würdest
zerschellt werden von den blitzschnell getriebenen Stäm=
men und Steinen. Und was den See angeht, da weiß
ich wohl: der Vater darf mit seinem Kahne nicht weit
genug darauf hinaus.

Huldbrand erhob sich lächelnd, um zu sehn, ob es so
sei, wie ihm Undine gesagt hatte; der Alte begleitete ihn,
und das Mädchen gaukelte scherzend neben den Män=
nern her. Sie fanden es in der That, wie Undine
gesagt hatte; und der Ritter mußte sich sich drein ergeben,

auf der zur Insel gewordenen Landspitze zu bleiben, bis
die Fluten sich verliefen. Als die dreie nach ihrer
Wanderung wieder der Hütte zu gingen, sagte der Ritter
der Kleinen in's Ohr: Nun, wie ist es, Undinchen?
Bist Du böse, daß ich bleibe? — Ach, entgegnete sie
mürrisch, laßt nur. Wenn ich Euch nicht gebissen hätte,
wer weiß, was noch alles von der Bertalda in Eurer
Geschichte vorgekommen wär'!

# Fünftes Kapitel.

### Wie der Ritter auf der Seespitze lebte.

———

Du bist vielleicht, mein lieber Leser, schon irgendwo
nach mannigfachem Auf- und Abtreiben in der
Welt an einen Ort gekommen, wo Dir es wohl war; die
jedwedem eingeborne Liebe zu eignem Herd und stillem
Frieden ging wieder auf in Dir; Du meintest, die
Heimat blühe mit allen Blumen der Kindheit und der
allerreinsten, innigsten Liebe wieder aus teuren Grab-
stätten hervor, und hier müsse gut wohnen und Hütten
bauen sein. Ob Du Dich darin geirrt und den Irrtum
nachher schmerzlich abgebüßt hast, das soll hier nichts
zur Sache thun, und Du wirst Dich auch selbst wohl
mit dem herben Nachschmack nicht freiwillig betrüben
wollen. Aber rufe jene unaussprechlich süße Ahnung,
jenen englischen Gruß des Friedens wieder in Dir herauf, und Du wirst ungefähr wissen können, wie dem
Ritter Huldbrand während seines Lebens auf der Seespitze zu Sinne war.

Er sah oftmals mit innigem Wohlbehagen, wie der
Waldstrom mit jedem Tage wilder einher rollte, wie er
sich sein Bette breiter und breiter riß und die Abgeschiedenheit auf der Insel so für immer längere Zeit
ausdehnte. Einen Teil des Tages über strich er mit
einer alten Armbrust, die er in einem Winkel der Hütte

31

gefunden und sich ausgebessert hatte, umher, nach den
vorüberfliegenden Vögeln lauernd, und was er von
ihnen treffen konnte, als guten Braten in die Küche
liefernd. Brachte er nun seine Beute zurück, so unterließ
Undine fast niemals ihn auszuschelten, daß er den lieben
lustigen Tierchen oben im blauen Luftmeer so feindlich
ihr fröhliches Leben stehle; ja sie weinte oftmals bitter=
lich bei dem Anblicke des toten Geflügels. Kam er aber
ein andermal wieder heim und hatte nichts geschossen, so
schalt sie ihn nicht minder ernstlich darüber aus, daß man
nun um seines Ungeschicks und seiner Nachlässigkeit willen
mit Fischen und Krebsen fürlieb nehmen müsse. Er
freute sich allemal herzinniglich auf ihr anmutiges
Zürnen, um so mehr, da sie gewöhnlich nachher ihre
üble Laune durch die holdesten Liebkosungen wieder gut=
zumachen suchte. Die Alten hatten sich in die Vertrau=
lichkeit der beiden jungen Leute gefunden; sie kamen
ihnen vor wie Verlobte oder gar wie ein Ehepaar, das
ihnen zum Beistand im Alter mit auf der abgerissenen
Insel wohne. Eben diese Abgeschiedenheit brachte auch
den jungen Huldbrand ganz fest auf den Gedanken, er
sei bereits Undinens Bräutigam. Ihm war zu Mute,
als gäbe es keine Welt mehr jenseits dieser umgebenden
Fluten, oder als könne man doch nie wieder da hinüber
zur Vereinigung mit andern Menschen gelangen; und
wenn ihn auch bisweilen sein weidendes Roß anwieherte,
wie nach Ritterthaten fragend und mahnend, oder sein
Wappenschild ihm von der Stickerei des Sattels und von
der Pferdedecke ernst entgegenleuchtete, oder sein schönes
Schwert unversehens vom Nagel, an welchem es in der
Hütte hing, herabfiel, im Sturze aus der Scheide glei=

tend, — so beruhigte er sein zweifelndes Gemüt damit,
Undine sei gar keine Fischers-Tochter, sei vielmehr aller
Wahrscheinlichkeit nach aus einem wundersamen, hoch-
fürstlichen Hause der Fremde gebürtig. Nur das war
ihm in der Seele zuwider, wenn die alte Frau Undinen
in seiner Gegenwart schalt. Das launische Mädchen
lachte zwar meist ohne alles Hehl ganz ausgelassen
darüber; aber ihm war es, als taste man seine Ehre an,
und doch wußte er der alten Fischerin nicht Unrecht zu
geben, denn Undine verdiente immer zum wenigsten
zehnfach so viel Schelte, als sie bekam, daher er denn
auch der Hauswirtin im Herzen gewogen blieb, und das
ganze Leben seinen stillen, vergnüglichen Gang fürder
ging.

Es kam aber doch endlich eine Störung hinein; der
Fischer und der Ritter waren nämlich gewohnt gewesen,
beim Mittagsmahle und auch des Abends, wenn der
Wind draußen heulte, wie er es fast immer gegen die
Nacht zu thun pflegte, sich mit einander bei einem Kruge
Wein zu ergötzen. Nun war aber der ganze Vorrat zu
Ende gegangen, den der Fischer früher von der Stadt
nach und nach mitgebracht hatte, und die beiden Männer
wurden darüber ganz verdrießlich. Undine lachte sie
den Tag über wacker aus, ohne daß beide so lustig wie
gewöhnlich in ihre Scherze einstimmten. Gegen Abend
war sie aus der Hütte gegangen, sie sagte, um den zwei
langen und langweiligen Gesichtern zu entgehen. Weil
es nun in der Dämmerung wieder nach Sturm aussah,
und das Wasser bereits heulte und rauschte, sprangen
der Ritter und der Fischer erschreckt vor die Thür, um
das Mädchen heimzuholen, der Angst jener Nacht

gedenkend, wo Huldbrand zum ersten Mal in der Hütte
gewesen war. Undine aber trat ihnen entgegen, freund=
lich in ihre Händchen klopfend. Was gebt Ihr mir,
wenn ich Euch Wein verschaffe? oder vielmehr, Ihr
braucht mir nichts zu geben, fuhr sie fort; denn ich bin
schon zufrieden, wenn Ihr lustiger aussseht und bessere
Einfälle habt, als diesen letzten, langweiligen Tag hin=
durch. Kommt nur mit; der Waldstrom hat ein Faß
an das Ufer getrieben, und ich will verdammt sein, eine
ganze Woche lang zu schlafen, wenn es nicht ein Weinfaß
ist. — Die Männer folgten ihr nach und fanden wirklich
an einer umbüschten Bucht des Ufers ein Faß, welches
ihnen Hoffnung gab, als enthielte es den edlen Trank,
wonach sie verlangten. Sie wälzten es vor allem aufs
schleunigste in die Hütte, denn ein schweres Wetter zog
wieder am Abendhimmel herauf, und man konnte in der
Dämmerung bemerken, wie die Wogen des Sees ihre
weißen Häupter schäumend emporrichteten, als sähen sie
sich nach dem Regen um, der nun bald auf sie herunter=
rauschen sollte. Undine half den beiden nach Kräften und
sagte, als das Regenwetter plötzlich allzuschnell herauf=
heulte, lustig drohend in die schweren Wolken hinein: Du,
Du! Hüte Dich, daß Du uns nicht naß machst; wir sind
noch lange nicht unter Dach! — Der Alte verwies ihr
solches als eine sündhafte Vermessenheit; aber sie kicherte
leise vor sich hin, und es widerfuhr auch niemandem
etwas Uebles darum. Vielmehr gelangten alle drei
wider Vermutung mit ihrer Beute trocken an den behag=
lichen Herd, und erst, als man das Faß geöffnet und
erprobt hatte, daß es einen wundersam trefflichen Wein
enthalte, riß sich der Regen aus dem dunklen Gewölke

los, und rauschte der Sturm durch die Wipfel der Bäume
und über des Sees empörte Wogen hin.

Einige Flaschen waren bald aus dem großen Fasse
gefüllt, das für viele Tage Vorrat verhieß; man saß
trinkend und scherzend und heimisch gesichert vor dem
tobenden Unwetter an der Glut des Herdes beisammen.
Da sagte der alte Fischer und ward plötzlich sehr ernst:
Ach großer Gott! wir freuen uns hier der edlen Gabe,
und der, welchem sie zuerst angehörte und vom Strome
genommen ward, hat wohl gar das liebe Leben drum
lassen müssen.—Er wird ja nicht gerade! meinte Undine
und schenkte dem Ritter lächelnd ein.   Der aber sagte:
Bei meiner höchsten Ehre, alter Vater, wüßt' ich ihn zu
finden und zu retten, mich sollte kein Gang in die Nacht
hinaus dauern und keine Gefahr.   Soviel aber kann ich
Euch versichern, komm' ich je wieder zu bewohntern
Landen, so will ich ihn oder seine Erben schon ausfindig
machen und diesen Wein doppelt und dreifach ersetzen.—
Das freute den alten Mann; er nickte dem Ritter
billigend zu und trank nun seinen Becher mit besserm
Gewissen und Behagen leer.   Undine aber sagte zu
Huldbranden: Mit der Entschädigung und mit Deinem
Golde halt' es, wie Du willst.   Das aber mit dem Nach=
laufen und Suchen war dumm geredet.   Ich weinte mir
die Augen aus, wenn Du darüber verloren gingst, und
nicht wahr, Du möchtest auch lieber bei mir bleiben und
bei dem guten Wein? — Das freilich, entgegnete Huld=
brand lächelnd. — Nun, sagte Undine, also hast Du
dumm gesprochen.   Denn jeder ist sich selbst der Nächste,
und was gehen einen die andern Leute an?—Die Haus=
wirtin wandte sich seufzend und kopfschüttelnd von ihr

ab, der Fischer vergaß seiner sonstigen Vorliebe für das
zierliche Mägdlein und schalt. Als ob Dich Heiden und
Türken erzogen hätten, klingt ja das! schloß er seine
Rede, Gott verzeih' es mir und Dir, Du ungeratenes
Kind! — Ja, aber mir ist doch nun einmal so zu Mute,
entgegnete Undine, habe mich erzogen, wer da will, und
was können da all' Eure Worte helfen! — Schweig!
fuhr der Fischer sie an, und sie, die ungeachtet ihrer
Keckheit, doch äußerst schreckhaft war, fuhr zusammen,
schmiegte sich zitternd an Huldbrand und fragte ihn ganz
leise: Bist Du auch böse, schöner Freund? Der Ritter
drückte ihr die zarte Hand und streichelte ihre Locken.
Sagen konnte er nichts, weil ihm der Ärger über des
Alten Härte gegen Undinen die Lippen schloß, und so
saßen beide Paare mit einem Male unwillig und in ver-
legenem Schweigen einander gegenüber.

# Sechstes Kapitel.

### Von einer Trauung.

———

Ein leises Klopfen an die Thür klang durch diese
Stille und erschreckte Alle, die in der Hütte saßen;
wie es denn wohl bisweilen zu kommen pflegt, daß auch
eine Kleinigkeit, die ganz unvermutet geschieht, einem
den Sinn recht furchtbarlich aufregen kann. Aber hier
kam noch dazu, daß der verrufene Forst sehr nahe lag
und daß die Seespitze für menschliche Besuche jetzt
unzugänglich schien. Man sah einander zweifelnd an;
das Pochen wiederholte sich, von einem tiefen Ächzen
begleitet; der Ritter ging nach seinem Schwerte. Da
sagte aber der alte Mann leise: Wenn es das ist, was
ich fürchte, hilft uns keine Waffe. — Undine näherte sich
indessen der Thür und rief ganz unwillig und keck:
Wenn Ihr Unfug treiben wollt, Ihr Erdgeister, so soll
Euch Kühleborn was Besseres lehren. — Das Entsetzen
der Andern ward durch diese wunderlichen Worte ver=
mehrt; sie sahen das Mädchen scheu an, und Huldbrand
wollte sich eben zu einer Frage an sie ermannen, da sagte
es von draußen: Ich bin kein Erdgeist, wohl aber ein
Geist, der noch im irdischen Körper hauset. Wollt Ihr
mir helfen und fürchtet Ihr Gott, Ihr drinnen in der
Hütte, so thut mir auf! Undine hatte bei diesen Worten
die Thür bereits geöffnet und leuchtete mit einer Ampel

in die stürmische Nacht hinaus, so daß man draußen
einen alten Priester wahrnahm, der von dem un=
versehenen Anblicke des wunderschönen Mägdleins
erschreckt zurücketrat.   Er mochte wohl denken, es müsse
Spuk und Zauberei mit im Spiele sein, wo ein so herr=
liches Bild aus einer so niederen Hüttenpforte erscheine;
deshalben fing er an zu beten: Alle guten Geister loben
Gott, den Herrn! — Ich bin kein Gespenst, sagte Undine
lächelnd; seh' ich denn so häßlich aus?   Zudem könnt
Ihr ja wohl merken, daß mich kein frommer Spruch
erschreckt.   Ich weiß doch auch von Gott und versteh' ihn
auch zu loben; jedweder auf seine Weise freilich, und
dazu hat er uns erschaffen.   Tretet herein, ehrwürdiger
Vater; Ihr kommt zu guten Leuten.

Der Geistliche kam neigend und umblickend herein und
sahe gar lieb und ehrwürdig aus.   Aber das Wasser
troff aus allen Falten seines dunklen Kleides und aus
dem langen, weißen Bart und den weißen Locken des
Haupthaares.   Der Fischer und der Ritter führten ihn
in eine Kammer und gaben ihm andere Kleider, während
sie den Weibern die Gewande des Priesters zum
Trocknen in das Zimmer reichten.   Der fremde Greis
dankte aufs demütigste und freundlichste, aber des
Ritters glänzenden Mantel, den ihm dieser entgegen=
hielt, wollte er auf keine Weise umnehmen; er wählte
statt dessen ein altes, graues Oberkleid des Fischers.
So kamen sie denn in das Gemach zurück; die Hausfrau
räumte dem Priester alsbald ihren großen Sessel und ruhte
nicht eher, bis er sich darauf niedergelassen hatte: Denn,
sagte sie, Ihr seid alt und erschöpft und geistlich oben=
drein. — Undine schob den Füßen des Fremden ihr

kleines Bänkchen unter, worauf sie sonst neben Huld=
branden zu sitzen pflegte, und bewies sich überhaupt in
der Pflege des guten Alten höchst sittig und anmutig.
Huldbrand flüsterte ihr darüber eine Neckerei in's Ohr,
sie aber entgegnete sehr ernst: Er dient ja dem, der uns
Alle geschaffen hat, damit ist nicht zu spaßen. — Der
Ritter und der Fischer labten darauf den Priester mit
Speise und Wein, und dieser fing, nachdem er sich etwas
erholt hatte, zu erzählen an, wie er gestern aus seinem
Kloster, das fern über den großen Landsee hinaus liege,
nach dem Sitze des Bischofs habe reisen sollen, um dem=
selben die Not kund zu thun, in welche durch die jetzigen
wunderbaren Überschwemmungen das Kloster und dessen
Zinsdörfer geraten seien. Da habe er nach langen
Umwegen um eben dieser Überschwemmung willen sich
heute gegen Abend dennoch genötigt gesehen, einen über=
getretnen Arm des Sees mit Hülfe zweier guter Fähr=
leute zu überschiffen. — Kaum aber, fuhr er fort, hatte
unser kleines Fahrzeug die Wellen berührt, so brach auch
schon der ungeheure Sturm los, der noch jetzt über unsern
Häuptern fortwütet. Es war, als hätten die Fluten nur
auf uns gewartet, um die allertollsten, strudelndsten
Tänze mit uns zu beginnen. Die Ruder waren bald
aus meiner Führer Händen gerissen und trieben zer=
schmettert auf den Wogen weiter und weiter vor uns
hinaus. Wir selbst flogen, hülflos und der tauben
Naturkraft hingegeben, auf die Höhe des Sees zu Euren
fernen Ufern hinüber, die wir schon zwischen den Nebeln
und Wasserschäumen emporstreben sahen. Da drehte sich
endlich der Nachen immer wilder und schwindliger; ich
weiß nicht, stürzte er um, stürzte ich heraus. Im dunkeln

Ängstigen des nahen, schrecklichen Todes trieb ich weiter, bis mich eine Welle hier unter die Bäume an Eure Insel warf.

Ja, Insel! sagte der Fischer. Vor Kurzem war's noch eine Landspitze, nun aber, seit Waldstrom und See schier toll geworden sind, sieht es ganz anders mit uns aus.

Ich merkte so etwas, sagte der Priester, indem ich im Dunkeln das Wasser entlang schlich und, ringsum nur wildes Gebrause antreffend, endlich schaute, wie sich ein betretener Fußpfad grade in das Getos hinein verlor. Nun sahe ich das Licht in Eurer Hütte und wagte mich hierher, wo ich denn meinem himmlischen Vater nicht genug danken kann, daß er mich nach meiner Rettung aus dem Gewässer auch noch zu so frommen Leuten geführt hat, als zu Euch, und das um so mehr, da ich nicht wissen kann, ob ich außer Euch vieren noch in diesem Leben andre Menschen wieder zu sehen bekomme.

Wie meint Ihr das? fragte der Fischer.

Wißt Ihr denn, wie lange dieses Treiben der Elemente währen soll? entgegnete der Geistliche. Und ich bin alt an Jahren. Gar leichtlich mag mein Lebensstrom eher versiegend unter die Erde gehn, als die Überschwemmung des Waldstroms da draußen. Und überhaupt, es wäre ja nicht unmöglich, daß mehr und mehr des schäumenden Wassers sich zwischen Euch und den jenseitigen Forst drängte, bis Ihr so weit von der übrigen Erde abgerissen würdet, daß Euer Fischerkähnlein nicht mehr hinüberreichte, und die Bewohner des festen Landes in ihren Zerstreuungen Euer Aller gänzlich vergäßen.

Die alte Hausfrau fuhr hierüber zusammen, kreuzte sich und sagte: Das verhüte Gott! — Aber der Fischer

sahe sie lächelnd an und sprach: Wie doch nun auch der
Mensch ist! Es wäre ja dann nicht anders, wenigstens
nicht für Dich, liebe Frau, als es nun ist. Bist Du denn
seit vielen Jahren weiter gekommen, als an die Grenze
des Forstes? Und hast Du andere Menschen gesehn,
als Undinen und mich? — Seit Kurzem sind nun noch
der Ritter und der Priester zu uns gekommen. Die
blieben bei uns, wenn wir zur vergessenen Insel würden;
also hättest Du ja den besten Gewinn davon.

Ich weiß nicht, sagte die alte Frau, es wird einem doch
unheimlich zu Mute, wenn man sich's nun so vorstellt,
daß man unwiederbringlich von den andern Leuten ge=
schieden wär', ob man sie übrigens auch weder kennt noch
sieht.

Du bliebest dann bei uns, Du bliebest dann bei uns!
flüsterte Undine ganz leise, halb singend und schmiegte
sich inniger an Huldbrands Seite. Dieser aber war in
tiefe und seltsame Gebilde seines Innern verloren. Die
Gegend jenseit des Waldwassers zog sich seit des
Priesters letzten Worten immer ferner und dunkler von
ihm ab; die blühende Insel, auf welcher er lebte, grünte
und lachte immer frischer in sein Gemüt herein. Die
Braut glühte als die schönste Rose dieses kleinen Erd=
striches und auch der ganzen Welt hervor, der Priester
war zur Stelle. Dazu kam noch eben, daß ein zürnender
Blick der Hausfrau das schöne Mädchen traf, weil sie
sich in Gegenwart des geistlichen Herrn so dicht an ihren
Liebling lehnte, und es schien, als wollte ein Strom von
unerfreulichen Worten folgen. Da brach es aus des
Ritters Munde, daß er, gegen den Priester gewandt,
sagte: Ihr seht hier ein Brautpaar vor Euch, ehr=

würdiger Herr, und wenn dies Mädchen und die guten
alten Fischersleute nichts dawider haben, sollt Ihr uns
heute Abend noch zusammengeben.

Die beiden alten Eheleute waren sehr verwundert.
Sie hatten zwar bisher oft so etwas gedacht, aber aus=
gesprochen hatten sie es doch niemals, und wie nun der
Ritter dies that, kam es ihnen als etwas ganz Neues
und Unerhörtes vor. Undine war plötzlich ernst geworden
und sah tiefsinnig vor sich nieder, während der Priester
nach den nähern Umständen fragte und sich bei den Alten
nach ihrer Einwilligung erkundigte. Man kam nach
mannigfachem Hin= und Herreden mit einander aufs
reine; die Hausfrau ging, um den jungen Leuten das
Brautgemach zu ordnen und zwei geweihte Kerzen, die
sie seit langer Zeit verwahrt hielt, für die Trauungs=
feierlichkeit hervorzusuchen. Der Ritter nestelte indes an
seiner goldnen Kette und wollte zwei Ringe losdrehen,
um sie mit der Braut wechseln zu können. Diese aber
fuhr, es bemerkend, aus ihrem tiefen Sinnen auf und
sprach: Nicht also! Ganz bettelarm haben mich meine
Eltern nicht in die Welt hineingeschickt; vielmehr haben
sie gewiß schon frühe darauf gerechnet, daß ein solcher
Abend aufgehn solle. — Damit war sie schnell aus der
Thür und kam gleich darauf mit zwei kostbaren Ringen
zurück, deren einen sie ihrem Bräutigam gab und den
andern für sich behielt. Der alte Fischer war ganz
erstaunt darüber, und noch mehr die Hausfrau, die eben
wieder hereintrat, daß beide diese Kleinodien noch nie=
mals bei dem Kinde gesehen hatten. — Meine Eltern,
entgegnete Undine, ließen mir diese Dingerchen in das
schöne Kleid nähen, das ich gerade anhatte, da ich zu

Euch kam. Sie verboten mir auch, auf irgend eine
Weise jemandem davon zu sagen vor meinem Hochzeit=
abend. Da habe ich sie denn also stille herausgetrennt
und verborgen gehalten bis heute. — Der Priester unter=
brach das weitere Fragen und Verwundern, indem er die
geweihten Kerzen anzündete, sie auf einen Tisch stellte
und das Brautpaar sich gegenübertreten ließ. Er gab
sie sodann mit kurzen, feierlichen Worten zusammen, die
alten Eheleute segneten die jungen, und die Braut lehnte
sich leise zitternd und nachdenklich an den Ritter. Da
sagte der Priester mit einem Male: Ihr Leute seid doch
seltsam! Was sagt Ihr mir denn, Ihr wäret die ein=
zigen Menschen hier auf der Insel? Und während der
ganzen Trauhandlung sah zu dem Fenster mir gegenüber
ein ansehnlicher, langer Mann im weißen Mantel herein.
Er muß noch vor der Thüre stehn, wenn Ihr ihn etwan
mit in's Haus nötigen wollt. — Gott bewahre! sagte die
Wirtin zusammenfahrend; der alte Fischer schüttelte
schweigend den Kopf und Huldbrand sprang nach dem
Fenster. Es war ihm selbst, als sähe er noch einen
weißen Streif, der aber bald im Dunkel gänzlich ver=
schwand. Er redete dem Priester ein, daß er sich durch=
aus geirrt haben müsse, und man setzte sich vertraulich
mitsammen um den Herd.

# Siebentes Kapitel.

## Was sich weiter am Hochzeitabend begab.

---

Gar sittig und still hatte sich Undine vor und während
der Trauung bewiesen; nun aber war es, als
schäumten alle die wunderlichen Grillen, welche in ihr
hausten, um so dreister und kecklicher auf die Oberfläche
hervor. Sie neckte Bräutigam und Pflegeeltern und
selbst den noch kaum so hoch verehrten Priester mit allerhand kindischen Streichen, und als die Wirtin etwas
dagegen sagen wollte, brachten diese ein paar ernste
Worte des Ritters, worin er Undinen mit großer
Bedeutsamkeit seine Hausfrau nannte, zum Schweigen.
Ihm selbst indessen, dem Ritter, gefiel Undinens
kindisches Bezeigen eben so wenig; aber da half kein
Winken und kein Räuspern und keine tadelnde Rede.
So oft die Braut ihres Lieblings Unzufriedenheit
merkte, — und das geschah einigemal, — ward sie freilich stiller, setzte sich neben ihn, streichelte ihn, flüsterte
ihm lächelnd etwas in das Ohr und glättete so die auf-
steigenden Falten seiner Stirn. Aber gleich darauf riß
sie irgend ein toller Einfall wieder in das gaukelnde
Treiben hinein, und es ging nur ärger als zuvor. Da
sagte der Priester sehr ernsthaft und sehr freundlich:
Mein anmutiges junges Mägdlein, man kann Euch zwar
nicht ohne Ergötzen ansehen; aber denkt darauf, Eure

44

Seele bei Zeiten so zu stimmen, daß sie immer die Har=
monie zu der Seele Eures angetrauten Bräutigams
anklingen lasse. — Seele! lachte ihn Undine an; das
klingt recht hübsch und mag auch für die mehrsten Leute
eine gar erbauliche und nutzreiche Regel sein. Aber
wenn nun eins gar 'eine Seele hat, bitt' Euch, was soll
es denn da stimmen? Und so geht es mir. — Der
Priester schwieg, tief verletzt, in frommem Zürnen und
kehrte sein Antlitz wehmütig von dem Mädchen ab. Sie
aber ging schmeichelnd auf ihn zu und sagte: Nein, hört
doch erst ordentlich, eh' Ihr böse ausseht, denn Euer
Böseaussehn thut mir weh und Ihr müßt doch keiner
Kreatur weh thun, die Euch ihrerseits nichts zu Leide
gethan hat. Zeigt Euch nur duldsam gegen mich, und
ich will's Euch ordentlich sagen, wie ich's meine.

Man sah, sie stellte sich in Bereitschaft, etwas recht
Ausführliches zu erzählen, aber plötzlich stockte sie, wie
von einem innern Schauer ergriffen, und brach in einen
reichen Strom der wehmütigsten Thränen aus. Sie
wußten alle nicht mehr, was sie recht aus ihr machen
sollten, und starrten sie in unterschiedlichen Besorgnissen
schweigend an. Da sagte sie endlich, sich ihre Thränen
abtrocknend und den Priester ernsthaft ansehend: Es
muß etwas Liebes, aber auch etwas höchst Furchtbares
um eine Seele sein. Um Gott, mein frommer Mann,
wär' es nicht besser, man würde ihrer nie teilhaftig? —
Sie schwieg wieder still, wie auf Antwort wartend; ihre
Thränen waren gehemmt. Alle in der Hütte hatten sich
von ihren Sitzen erhoben und traten schaudernd vor ihr
zurück. Sie aber schien nur für den Geistlichen Augen
zu haben, auf ihren Zügen malte sich der Ausdruck einer

fürchtenden Neubegier, die eben deshalb den Andern
höchst furchtbar vorkam. — Schwer muß die Seele lasten,
— fuhr sie fort, da ihr noch niemand antwortete, — sehr
schwer! Denn schon ihr annahendes Bild überschattet
mich mit Angst und Trauer. Und ach, ich war so leicht,
so lustig sonst! — Und in einen erneuten Thränenstrom
brach sie aus und schlug das Gewand vor ihrem Antlitze
zusammen. Da trat der Priester ernsten Ansehns auf
sie zu und sprach sie an und beschwor sie bei den heiligsten
Namen, sie solle die lichte Hülle abwerfen, falls etwas
Böses in ihr sei. Sie aber sank vor ihm in die Kniee,
alles Fromme wiederholend, was er sprach, und Gott
lobend und beteuernd, sie meine es gut mit der ganzen
Welt. Da sagte endlich der Priester zum Ritter: Herr
Bräutigam, ich lasse Euch allein mit der, die ich Euch
angetraut habe. So viel ich ergründen kann, ist nichts
Übles an ihr, wohl aber des Wundersamen viel. Ich
empfehle Euch Vorsicht, Liebe und Treue. — Damit ging
er hinaus, die Fischersleute folgten ihm, sich bekreuzend.
Undine war auf die Kniee gesunken, sie entschleierte
ihr Angesicht und sagte, scheu nach Huldbranden umblickend: Ach, nun willst Du mich gewiß nicht behalten;
und hab' ich doch nichts Böses gethan, ich armes, armes
Kind! — Sie sah dabei so unendlich anmutig und
rührend aus, daß ihr Bräutigam alles Grauens und
aller Räselhaftigkeit vergaß, zu ihr hineilend und sie in
seinen Armen emporrichtend. Da lächelte sie durch ihre
Thränen; es war, als wenn das Morgenrot auf kleinen
Bächen spielt. — Du kannst nicht von mir lassen! flüsterte
sie vertraulich und sicher und streichelte mit den zarten
Händchen des Ritters Wangen. Dieser wandte sich

darüber von den furchtbaren Gedanken ab, die noch im Hintergrunde seiner Seele lauerten und ihm einreden wollten, er sei an eine Fei oder sonst ein böslich=neckendes Wesen der Geisterwelt angetraut; nur noch die einzige Frage ging fast unversehens über seine Lippen: Liebes Undinchen, sage mir doch das Eine: was war es, das Du von Erdgeistern sprachst, da der Priester an die Thür klopfte, und von Kühleborn? — Märchen, Kinder= märchen! sagte Undine lachend und ganz wieder in ihrer gewohnten Lustigkeit. Erst hab' ich Euch damit bange gemacht, am Ende habt Ihr's mich. Das ist das Ende vom Liede und vom ganzen Hochzeitabend. — Nein, das ist es nicht, sagte der von Liebe berauschte Ritter, löschte die Kerzen und trug seine schöne Geliebte unter tausend Küssen, vom Monde, der hell durch die Fenster hereinsah, anmutig beleuchtet, zu der Brautkammer hinein.

## Achtes Kapitel.

### Der Tag nach der Hochzeit.

---

Ein frisches Morgenlicht weckte die jungen Eheleute. Undine verbarg sich schamhaft unter ihre Decken und Huldbrand lag still sinnend vor sich hin. So oft er in der Nacht eingeschlafen war, hatten ihn wunderlich= grausende Träume verstört von Gespenstern, die sich heimlich grinsend in schöne Frauen zu verkleiden strebten, — von schönen Frauen, die mit einem Male Drachen= Angesichter bekamen. Und wenn er vor den häßlichen Gebilden in die Höhe fuhr, stand das Mondenlicht bleich und kalt draußen vor den Fenstern; entsetzt blickte er nach Undinen, an deren Busen er eingeschlafen war, und die in unverwandelter Schönheit und Anmut neben ihm ruhte. Dann drückte er einen leichten Kuß auf die rosigen Lippen und schlief wieder ein, um von neuen Schrecken erweckt zu werden. Nachdem er sich nun alles dieses recht im vollen Wachen überlegt hatte, schalt er sich selber über jedweden Zweifel aus, der ihn an seiner schönen Frau hatte irre machen können. Er bat ihr auch sein Unrecht mit klaren Worten ab, sie aber reichte ihm nur die schöne Hand, seufzte aus tiefem Herzen und blieb still. Aber ein unendlich inniger Blick aus ihren Augen, wie er ihn noch nie gesehen hatte, ließ ihm keinen Zweifel, daß Undine von keinem Unwillen gegen ihn wisse. Er

48

stand dann heiter auf und ging zu den Hausgenossen in
das gemeinsame Zimmer vor. Die dreie saßen mit
besorglichen Mienen um den Herd, ohne daß sich einer
getraut hätte, seine Worte laut werden zu lassen. Es
sahe aus, als bete der Priester in seinem Innern um
Abwendung alles Übels. Da man nun aber den jungen
Ehemann so vergnügt hervorgehn sah, glätteten sich auch
die Falten in den übrigen Angesichtern; ja der alte
Fischer fing an mit dem Ritter zu scherzen auf eine recht
sittige, ehrbare Weise, so daß selbst die alte Hausfrau
ganz freundlich dazu lächelte. Darüber war endlich
Undine auch fertig geworden und trat nun in die Thür;
Alle wollten ihr entgegengehn und Alle blieben voll
Verwunderung stehen: so fremd kam ihnen die junge
Frau vor, und doch so wohlbekannt. Der Priester
schritt zuerst mit Vaterliebe in den leuchtenden Blicken
auf sie zu, und wie er die Hand zum Segnen emporhob,
sank das schöne Weib andächtig schauernd vor ihm in die
Kniee. Sie bat ihn darauf mit einigen freundlich=
demütigen Worten wegen des Thörichten, was sie gestern
gesprochen haben möge, um Verzeihung, und ersuchte ihn
mit sehr bewegtem Tone, daß er für das Heil ihrer
Seele beten wolle. Dann erhob sie sich, küßte ihre
Pflegeeltern und sagte, für alles genossene Gute dankend:
O jetzt fühle ich es im innersten Herzen, wie viel, wie
unendlich viel Ihr für mich gethan habt, Ihr lieben,
lieben Leute! — Sie konnte erst gar nicht wieder von
ihren Liebkosungen abbrechen, aber kaum gewahrte sie,
daß die Hausfrau nach dem Frühstücke hinsah, so stand
sie auch bereits am Herde, kochte und ordnete an und litt
nicht, daß die gute alte Mutter auch nur die geringste
Mühwaltung über sich nahm.

Sie blieb den ganzen Tag lang so: still, freundlich und achtsam, ein Hausmütterlein und ein zart verschämtes jungfräuliches Wesen zugleich. Die dreie, welche sie schon länger kannten, dachten jeden Augenblick irgend ein wunderliches Wechselspiel ihres launischen Sinnes hervorbrechen zu sehen. Aber sie warteten vergebens darauf: Undine blieb engelmild und sanft. Der Priester konnte seine Augen gar nicht von ihr wegwenden und sagte mehre Male zum Bräutigam: Herr, einen Schatz hat Euch gestern die himmlische Güte durch mich Unwürdigen anvertraut; wahrt ihn, wie es sich gebührt, so wird er Euer ewiges und zeitliches Heil befördern.

Gegen Abend hing sich Undine mit demütiger Zärtlichkeit an des Ritters Arm und zog ihn sanft vor die Thür hinaus, wo die sinkende Sonne anmutig über den frischen Gräsern und um die hohen, schlanken Baumstämme leuchtete. In den Augen der jungen Frau schwamm es wie Tau der Wehmut und der Liebe, auf ihren Lippen schwebte es wie ein zartes, besorgliches Geheimnis, das sich aber nur in kaum vernehmlichen Seufzern kundgab.

Sie führte ihren Liebling schweigend immer weiter mit sich fort; was er sagte, beantwortete sie nur mit Blicken, in denen zwar keine unmittelbare Auskunft auf seine Fragen, wohl aber ein ganzer Himmel der Liebe und schüchternen Ergebenheit lag. So gelangten sie an das Ufer des übergetretenen Waldstroms, und der Ritter erstaunte, diesen in leisen Wellen verrinnend dahinrieseln zu sehen, so daß keine Spur seiner vorigen Wildheit und Fülle mehr anzutreffen war. — Bis morgen wird er ganz versiegt sein, sagte die schöne Frau weinerlich, und

Du kannst dann ohne Widerspruch reisen, wohinaus Du
willst. — Nicht ohne Dich, Undinchen, entgegnete der
lachende Ritter; denke doch: wenn ich auch Lust hätte
auszureißen, es müßte ja Kirche und Geistlichkeit und
Kaiser und Reich dreinschlagen und Dir den Flüchtling
wiederbringen. — Kommt alles auf Dich an, kommt alles
auf Dich an, flüsterte die Kleine, halb weinend, halb
lächelnd. Ich denke aber doch, Du wirst mich wohl
behalten; ich bin Dir ja gar zu innig gut. Trage mich
nun hinüber auf die kleine Insel, die vor uns liegt. Da
soll sich's entscheiden. Ich könnte wohl leichtlich selbst
durch die Wellchen schlüpfen, aber in Deinen Armen ruht
sich's so gut, und verstößest Du mich, so hab' ich doch
noch zum letzten Male anmutig darin geruht. — Huld=
brand, voll von einer seltsamen Bangigkeit und Rührung,
wußte ihr nichts zu erwidern. Er nahm sie in seine
Arme und trug sie hinüber, sich nun erst besinnend, daß
es dieselbe kleine Insel war, von wo er sie in jener ersten
Nacht dem alten Fischer zurückgetragen hatte. Jenseits
ließ er sie in das weiche Gras nieder und wollte sich
schmeichelnd neben seine schöne Bürde setzen; sie aber
sagte: Nein, dorthin, mir gegenüber! Ich will in
Deinen Augen lesen, noch ehe Deine Lippen sprechen.
Höre nun recht achtsam zu, was ich Dir erzählen will. —
Und sie begann.

Du sollst wissen, mein süßer Liebling, daß es in den
Elementen Wesen giebt, die fast aussehen wie Ihr und
sich doch nur selten vor Euch blicken lassen. In den
Flammen glitzern und spielen die wunderlichen Sala=
mander, in der Erden tief hausen die dürren, tückischen
Gnomen, durch die Wälder streifen die Waldleute, die

der Luft angehören, und in den Seen und Strömen und Bächen lebt der Wassergeister ausgebreitetes Geschlecht. In klingenden Kryſtallgewölben, durch die der Himmel mit Sonn' und Sternen hereinſieht, wohnt ſich's ſchön; hohe Korallenbäume mit blau und roten Früchten leuchten in den Gärten; über reinlichen Meeressand wandelt man und über ſchöne bunte Muſcheln, und was die alte Welt des alſo Schönen beſaß, daß die heutige nicht mehr dran ſich zu freuen würdig iſt, das überzogen die Fluten mit ihren heimlichen Silberſchleiern, und unten prangen nun die edlen Denkmale, hoch und ernſt und anmutig betaut vom liebenden Gewäſſer, das aus ihnen ſchöne Moosblumen und kränzende Schilfbüſchel hervorlockt. Die aber dorten wohnen, ſind gar hold und lieblich anzuſchauen, meiſt ſchöner als die Menſchen ſind. Manch einem Fiſcher ward es ſchon ſo gut, ein zartes Waſſerweib zu belauſchen, wie es über die Fluten hervorſtieg und ſang. Der erzählte dann von ihrer Schöne weiter, und ſolche wunderſame Frauen werden von den Menſchen Undinen genannt. Du aber ſiehſt jetzt wirklich eine Undine, lieber Freund.

Der Ritter wollte ſich einreden, ſeiner ſchönen Frau ſei irgend eine ihrer ſeltſamen Launen wach geworden und ſie finde ihre Luſt daran, ihn mit bunt erdachten Geſchichten zu necken. Aber ſo ſehr er ſich dies auch vorſagte, konnte er doch keinen Augenblick daran glauben, ein ſeltſamer Schauder zog durch ſein Inneres; unfähig ein Wort hervorzubringen, ſtarrte er unverwandten Auges die holde Erzählerin an. Dieſe ſchüttelte betrübt den Kopf, ſeufzte aus vollem Herzen und fuhr alsdann folgendermaßen fort.

Wir wären weit besser daran als Ihr andern Menschen; — denn Menschen nennen wir uns auch, wie wir es denn auch der Bildung und dem Leibe nach sind; — aber es ist ein gar Übles dabei. Wir und unsersgleichen in den andern Elementen, wir zerstieben und vergehn mit Geist und Leib, daß keine Spur von uns zurückbleibt, und wenn Ihr Andern dermaleinst zu einem reinern Leben erwacht, sind wir geblieben, wo Sand und Funk' und Wind und Welle blieb. Darum haben wir auch keine Seelen, das Element bewegt uns, gehorcht uns oft, so lange wir leben, — zerstäubt uns immer, sobald wir sterben, und wir sind lustig, ohne uns irgend zu grämen, wie es die Nachtigallen und Gold=fischlein und andre hübsche Kinder der Natur ja gleich=falls sind. Aber alles will höher, als es steht. So wollte mein Vater, der ein mächtiger Wasserfürst im Mittelländischen Meere ist, seine einzige Tochter solle einer Seele teilhaftig werden und müsse sie darüber auch viele Leiden der beseelten Leute bestehn. Eine Seele aber kann unsersgleichen nur durch den innigsten Verein der Liebe mit einem Eures Geschlechtes gewinnen. Nun bin ich beseelt, Dir dank' ich die Seele, o Du unaussprechlich Geliebter, und Dir werd' ich es danken, wenn Du mich nicht mein ganzes Leben hindurch elend machst. Denn was soll aus mir werden, wenn Du mich scheuest und mich verstößest? Durch Trug aber mocht' ich Dich nicht behalten. Und willst Du mich verstoßen, so thu' es nun, so geh' allein an's Ufer zurück. Ich tauche mich in diesen Bach, der mein Oheim ist und hier im Walde sein wunderliches Einsiedlerleben, von den übrigen Freunden entfernet, führt. Er ist aber mächtig

und vielen großen Strömen wert und teuer; und wie er
mich herführte zu den Fischern, mich leichtes und lachendes
Kind, wird er mich auch wieder heimführen zu den
Eltern, mich beseelte, liebende, leidende Frau.

Sie wollte noch mehr sagen, aber Huldbrand umfaßte
sie voll der innigsten Rührung und Liebe und trug sie
wieder an's Ufer zurück. Hier erst schwur er unter
Thränen und Küssen, sein holdes Weib niemals zu verlassen, und pries sich glücklicher als den griechischen
Bildner Pygmalion, welchem Frau Venus seinen schönen
Stein zur Geliebten belebt habe. Im süßen Vertrauen
wandelte Undine an seinem Arme nach der Hütte zurück
und empfand nun erst von ganzem Herzen, wie wenig sie
die verlassenen Krystallpaläste ihres wundersamen Vaters
bedauern dürfe.

# Neuntes Kapitel.

Wie der Ritter seine junge Frau mit sich führte.

---

Als Huldbrand am andern Morgen vom Schlaf erwachte, fehlte seine schöne Genossin an seiner Seiten, und er fing schon an wieder den wunderlichen Gedanken nachzuhängen, die ihm seine Ehe und die reizende Undine selbst als ein flüchtiges Blendwerk und Gaukelspiel vorstellen wollten. Aber da trat sie eben zur Thür herein, küßte ihn, setzte sich zu ihm auf's Bett und sagte: Ich bin etwas früh hinaus gewesen, um zu sehen, ob der Oheim Wort halte. Er hat schon alle Fluten wieder in sein stilles Bett zurückgelenkt und rinnt nun nach wie vor einsiedlerisch und sinnend durch den Wald. Seine Freunde in Wasser und Luft haben sich auch zur Ruhe gegeben; es wird wieder alles ordentlich und ruhig in diesen Gegenden zugehen, und Du kannst trocknen Fußes heimreisen, sobald Du willst. — Es war Huldbranden zu Mute, als träumte er wachend fort, so wenig konnte er sich in die seltsame Verwandtschaft seiner Frau finden. Dennoch ließ er sich nichts merken, und die unendliche Anmut des holden Weibes wiegte auch bald jedwede unheimliche Ahnung zur Ruhe. — Als er nach einer Weile mit ihr vor der Thür stand und die grünende Seespitze mit ihren klaren Wassergrenzen überschaute, ward es ihm so wohl in dieser Wiege seiner Liebe, daß er sagte: Was sollen wir denn auch heute schon reisen? Wir finden wohl keine vergnügtern Tage in der Welt haußen, als wir sie in diesem heimlichen Schutzörtlein verlebten. Laß uns immer noch zwei= oder dreimal die Sonne hier untergehen sehn.—Wie mein Herr es gebeut, entgegnete Undine in freundlicher Demut. Es ist nur, daß sich die alten Leute ohnehin schon mit Schmerzen von mir trennen werden, und wenn sie nun erst die treue Seele in mir spüren, und wie ich jetzt innig lieben und ehren kann, bricht ihnen wohl gar vor vielen Thränen das schwache Augenlicht. Noch halten sie meine Stille und Frömmigkeit für nichts Besseres, als es sonst in mir bedeutete, für die Ruhe des Sees, wenn eben die Luft still ist, und sie werden sich nun eben so gut einem Bäumchen oder Blümlein befreunden lernen, als mir. Laß mich ihnen dies neugeschenkte, von Liebe wallende Herz nicht kundgeben in Augenblicken, wo sie es für diese Erde verlieren sollen, und wie könnt' ich es bergen, blieben wir länger zusammen? —

Huldbrand gab ihr recht; er ging zu den Alten und besprach die Reise mit ihnen, die noch in dieser Stunde vor sich gehen sollte. Der Priester bot sich den beiden jungen Eheleuten zum Begleiter an, er und der Ritter hoben nach kurzem Abschied die schöne Frau auf's Pferd und schritten mit ihr über das ausgetrocknete Bette des Waldstroms eilig dem Forste zu. Undine weinte still, aber bitterlich; die alten Leute klagten ihr laut nach. Es schien als seie diesen eine Ahnung aufgegangen von dem, was sie eben jetzt an der holden Pflegetochter verloren.

Die drei Reisenden waren schweigend in die dichtesten Schatten des Waldes gelangt. Es mochte hübsch anzu=

sehen sein in dem grünen Blättersaal, wie die schöne
Frauengestalt auf dem edlen, zierlich geschmückten Pferde
saß, und von einer Seite der ehrwürdige Priester in
seiner weißen Ordenstracht, von der andern der blühende
junge Ritter in bunten, hellen Kleidern, mit seinem
prächtigen Schwerte umgürtet, achtsam beiherschritten.
Huldbrand hatte nur Augen für sein holdes Weib;
Undine, die ihre lieben Thränen getrocknet hatte, nur
Augen für ihn, und sie gerieten bald in ein stilles, laut=
loses Gespräch mit Blicken und Winken, aus dem sie erst
spät durch ein leises Reden erweckt wurden, welches der
Priester mit einem vierten Reisegesellschafter hielt, der
indes unbemerkt zu ihnen gekommen war.

Er trug ein weißes Kleid, fast wie des Priesters
Ordenshabit, nur daß ihm die Kappe ganz tief in's
Gesicht herein hing, und das Ganze in so weiten Falten
um ihn her flog, daß er alle Augenblicke mit Aufraffen
und über den Arm Schlagen oder sonst dergleichen
Anordnungen zu thun hatte, ohne daß er doch dadurch
im geringsten im Gehen behindert schien. Als die
jungen Eheleute seiner gewahr wurden, sagte er eben:
Und so wohn' ich denn schon seit vielen Jahren hier im
Walde, mein ehrwürdiger Herr, ohne daß man mich
Eurem Sinne nach einen Eremiten nennen könnte.
Denn, wie gesagt, von Buße weiß ich nichts und glaube
sie auch nicht sonderlich zu bedürfen. Ich habe nur des=
wegen den Wald so lieb, weil es sich auf eine ganz eigne
Weise hübsch ausnimmt und mir Spaß macht, wenn ich
in meinen flatternden weißen Kleidern durch die finstern
Schatten und Blätter hin gehe, und dann bisweilen ein
süßer Sonnenstrahl unvermutet auf mich herunter blitzt.
— Ihr seid ein höchst seltsamer Mann, entgegnete der

Priester, und ich möchte wohl nähere Kunde von Euch
haben. — Und wer seid Ihr denn, von einem auf's andre
zu kommen? fragte der Fremde. — Sie nennen mich den
Pater Heilmann, sprach der Geistliche, und ich komme
aus Kloster Mariagruß von jenseit des Sees. — So,
so, antwortete der Fremde. Ich heiße Kühleborn, und
wenn es auf Höflichkeit ankommt, könnte man mich auch
wohl eben so gut Herr von Kühleborn betiteln oder
Freiherr von Kühleborn; denn frei bin ich wie der
Vogel im Walde und wohl noch ein bischen drüber.
Zum Exempel, jetzt hab' ich der jungen Frau dorten
etwas zu erzählen. — Und ehe man sich's versah, war er
auf der andern Seite des Priesters, dicht neben Undinen
und reckte sich hoch in die Höhe, um ihr etwas in's Ohr
zu flüstern. Sie aber wandte sich erschrocken ab, sagend:
Ich habe nichts mit Euch mehr zu schaffen. — Hoho,
lachte der Fremde, was für eine ungeheuer vornehme
Heirat habt Ihr denn gethan, daß Ihr Eure Verwandten
nicht mehr kennt? Wißt Ihr denn nicht von Oheim
Kühleborn, der Euch auf seinem Rücken so treu in diese
Gegend trug? — Ich bitte Euch aber, entgegnete Undine,
daß Ihr Euch nicht wieder vor mir sehen laßt. Jetzt
fürcht' ich Euch; und soll mein Mann mich scheuen
lernen, wenn er mich in so seltsamer Gesellschaft und
Verwandtschaft sieht? — Nichtchen, sagte Kühleborn, Ihr
müßt nicht vergessen, daß ich hier zum Geleiter bei Euch
bin; die spukenden Erdgeister möchten sonst dummen
Spaß mit Euch treiben. Laßt mich also doch immer
ruhig mitgehen; der alte Priester dort wußte sich übrigens
meiner besser zu erinnern, als Ihr es zu thun scheint,
denn er versicherte vorhin, ich käme ihm sehr bekannt vor
und ich müsse wohl mit im Nachen gewesen sein, aus dem

er in's Wasser fiel. Das war ich auch freilich, denn ich war just die Wasserhose, die ihn herausriß, und schwemmt' ihn hernach zu Deiner Trauung vollends ans Land.

Undine und der Ritter sahen nach Pater Heilmann; der aber schien in einem wandelnden Traume fortzugehen und von allem, was gesprochen ward, nichts mehr zu vernehmen. Da sagte Undine zu Kühleborn: Ich sehe dort schon das Ende des Waldes. Wir brauchen Eure Hülfe nicht mehr, und nichts macht uns Grauen als Ihr. Drum bitt' ich Euch in Lieb' und Güte, verschwindet und laßt uns in Frieden ziehn! — Darüber schien Kühleborn unwillig zu werden; er zog ein häßliches Gesicht und grinste Undinen an, die laut aufschrie und ihren Freund zu Hülfe rief. Wie ein Blitz war der Ritter um das Pferd herum und schwang die scharfe Klinge gegen Kühleborns Haupt. Aber er hieb in einen Wasserfall, der von einer hohen Klippe neben ihnen herabschäumte und sie plötzlich mit einem Geplätscher, das beinahe wie Lachen klang, übergoß und bis auf die Haut durchnäßte. Der Priester sagte, wie plötzlich erwachend: Das hab' ich lange gedacht, weil der Bach so dicht auf der Anhöhe neben uns herlief. Anfangs wollt' es mir gar vor= kommen, als wär' er ein Mensch und könnte sprechen. — In Huldbrands Ohr rauschte der Wasserfall ganz ver= nehmlich diese Worte:

Rascher Ritter,
Rüst'ger Ritter,
Ich zürne nicht,
Ich zanke nicht;
Schirm' nur Dein reizend Weiblein stets so gut,
Du Ritter rüstig, Du rasches Blut!

Nach wenigen Schritten waren sie im Freien. Die Reichsstadt lag glänzend vor ihnen, und die Abendsonne, welche deren Türme vergoldete, trocknete freundlich die Kleider der durchnäßten Wanderer.

# Zehntes Kapitel.

## Wie sie in der Stadt lebten.

———

Daß der junge Ritter Huldbrand von Ringstetten so plötzlich vermißt worden war, hatte großes Aufsehen in der Reichsstadt erregt und Bekümmernis bei den Leuten, die ihn allesammt wegen seiner Gewandtheit bei Turnier und Tanz, wie auch wegen seiner milden, freundlichen Sitten liebgewonnen hatten. Seine Diener wollten nicht ohne ihren Herrn von dem Orte wieder weg, ohne daß doch einer den Mut gefaßt hätte, ihm in die Schatten des gefürchteten Forstes nachzureiten. Sie blieben also in ihrer Herberge, unthätig hoffend, wie es die Menschen zu thun pflegen, und durch ihre Klagen das Andenken des Verlornen lebendig erhaltend. Wie nun bald darauf die großen Unwetter und Überschwemmungen merkbarer wurden, zweifelte man um so minder an dem gewissen Untergange des schönen Fremden, den auch Bertalda ganz unverhohlen betrauerte und sich selbst verwünschte, daß sie ihn zu dem unseligen Ritte nach dem Walde gelockt habe. Ihre herzoglichen Pflegeeltern waren gekommen, sie abzuholen, aber Bertalda bewog sie mit ihr zu bleiben, bis man gewisse Nachricht von Huldbrands Leben oder Tod einziehe. Sie suchte verschiedene junge Ritter, die emsig um sie warben, zu bewegen, daß sie dem edlen Abenteurer in den Forst nach=

ziehn möchten. Aber ihre Hand mochte sie nicht zum
Preise des Wagestücks ausstellen, weil sie vielleicht noch
immer hoffte, dem Wiederkehrenden angehören zu können,
und um Handschuh oder Band, oder auch selbst um einen
Kuß, wollte niemand sein Leben dransetzen, einen so gar
gefährlichen Nebenbuhler zurückzuholen.

Nun, da Huldbrand unerwartet und plötzlich erschien,
freuten sich Diener und Stadtbewohner und überhaupt
fast alle Leute, nur Bertalda eben nicht; denn wenn es
den andern auch ganz lieb war, daß er eine so wunder-
schöne Frau mitbrachte und den Pater Heilmann als
Zeugen der Trauung, so konnte doch Bertalda nicht
anders als sich deshalb betrüben. Erstlich hatte sie den
jungen Rittersmann wirklich von ganzer Seele liebgewonnen, und dann war durch ihre Trauer über sein
Wegbleiben den Augen der Menschen weit mehr davon
kund geworden, als sich nun eben schicken wollte. Sie
that deswegen aber doch immer als ein kluges Weib,
fand sich in die Umstände und lebte aufs allerfreund-
lichste mit Undinen, die man in der ganzen Stadt für
eine Prinzessin hielt, welche Huldbrand im Walde von
irgend einem bösen Zauber erlöst habe. Wenn man sie
selbst oder ihren Eheherrn darüber befragte, wußten sie
zu schweigen oder geschickt auszuweichen; des Pater
Heilmann Lippen waren für jedes eitle Geschwätz ver-
siegelt, und ohnehin war er gleich nach Huldbrands
Ankunft wieder in sein Kloster zurückgegangen, so daß
sich die Leute mit ihren seltsamen Mutmaßungen behelfen
mußten, und auch selbst Bertalda nicht mehr als jeder
andre von der Wahrheit erfuhr.

Undine gewann übrigens dies anmutige Mädchen

mit jedem Tage lieber. — Wir müssen uns einander schon eher gekannt haben, pflegte sie ihr öfters zu sagen, oder es muß sonst irgend eine wundersame Beziehung unter uns geben, denn so ganz ohne Ursach, versteht mich, ohne tiefe, geheime Ursach, gewinnt man ein andres nicht so lieb, als ich Euch gleich vom ersten Anblicke her gewann. — Und auch Bertalda konnte sich nicht ab= leugnen, daß sie einen Zug der Vertraulichkeit und Liebe zu Undinen empfinde, wie sehr sie übrigens meinte, Ursach zu den bittersten Klagen über diese glückliche Nebenbuhlerin zu haben. In dieser gegenseitigen Nei= gung wußte die eine bei ihren Pflegeeltern, die andre bei ihrem Ehegatten, den Tag der Abreise weiter und weiter hinauszuschieben; ja, es war schon die Rede davon gewesen, Bertalda solle Undinen auf einige Zeit nach Burg Ringstetten an die Quellen der Donau begleiten.

Sie sprachen auch einmal eines schönen Abends davon, als sie eben bei Sternenschein auf dem mit hohen Bäumen eingefaßten Markte der Reichsstadt umher= wandelten. Die beiden jungen Eheleute hatten Bertalden noch spät zu einem Spaziergange abgeholt, und alle drei zogen vertraulich unter dem tiefblauen Himmel auf und ab, oftmals in ihren Gesprächen durch die Bewunderung unterbrochen, die sie dem kostbaren Springborn in der Mitte des Platzes und seinem wundersamen Rauschen und Sprudeln zollen mußten. Es war ihnen so lieb und heimlich zu Sinn; zwischen die Baumschatten durch stahlen sich die Lichtschimmer der nahen Häuser; ein stilles Gesumse von spielenden Kindern und andern lust= wandelnden Menschen wogte um sie her; man war so allein und doch so freundlich in der heitern, lebendigen

Welt mitten inne; was bei Tage Schwierigkeit geschienen
hatte, das ebnete sich nun wie von selber, und die drei
Freunde konnten gar nicht mehr begreifen, warum wegen
Bertaldas Mitreise auch nur die geringste Bedenklichkeit
habe obwalten mögen. Da kam, als sie eben den Tag
ihrer gemeinschaftlichen Abfahrt bestimmen wollten, ein
langer Mann von der Mitte des Marktplatzes her auf
sie zu gegangen, neigte sich ehrerbietig vor der Gesellschaft
und sagte der jungen Frau etwas ins Ohr. Sie trat,
unzufrieden über die Störung und über den Störer,
einige Schritte mit dem Fremden zur Seite, und beide
begannen mit einander zu flüstern, es schien, in einer
fremden Sprache. Huldbrand glaubte den seltsamen
Mann zu kennen und sah so starr auf ihn hin, daß er
Bertaldas staunende Fragen weder hörte, noch beantwortete. Mit einem Male klopfte Undine freudig in
die Hände und ließ den Fremden lachend stehn, der sich
mit vielem Kopfschütteln und hastigen, unzufriedenen
Schritten entfernte und in den Brunnen hineinstieg.
Nun glaubte Huldbrand seiner Sache ganz gewiß zu
sein, Bertalda aber fragte: Was wollte Dir denn der
Brunnenmeister, liebe Undine? — Die junge Frau
lachte heimlich in sich hinein und erwiderte: Übermorgen auf Deinen Namenstag, sollst Du's erfahren,
Du liebliches Kind. — Und weiter war nichts aus ihr
herauszubringen. Sie lud Bertalden und durch sie ihre
Pflegeeltern an dem bestimmten Tage zur Mittagstafel,
und man ging bald darauf auseinander.

Kühleborn? — fragte Huldbrand mit einem geheimen
Schauder seine schöne Gattin, als sie von Bertalda
Abschied genommen hatten und nun allein durch die

dunkler werdenden Gassen zu Haus gingen. — Ja, er
war es, antwortete Undine, und er wollte mir auch aller=
hand dummes Zeug vorsprechen. Aber mitten darin hat
er mich ganz gegen seine Absicht mit einer höchst will=
kommenen Botschaft erfreut. Willst Du diese nun gleich
wissen, mein holder Herr und Gemahl, so brauchst Du
nur zu gebieten, und ich spreche mir alles vom Herzen
los. Wolltest Du aber Deiner Undine eine recht, recht
große Freude gönnen, so ließest Du es bis übermorgen
und hättest dann auch an der Überraschung Dein Teil.

Der Ritter gewährte seiner Gattin gern, worum sie so
anmutig bat, und noch im Entschlummern lispelte sie
lächelnd vor sich hin: Was sie sich freuen wird und sich
wundern über ihres Brunnenmeisters Botschaft, die
liebe, liebe Bertalda!

# Elftes Kapitel.

## Bertaldas Namensfeier.

---

Die Gesellschaft saß bei Tafel, Bertalda mit Kleino=
dien und Blumen, den mannigfachen Geschenken
ihrer Pflegeeltern und Freunde, geschmückt wie eine
Frühlingsgöttin, oben an, zu ihren Seiten Undine und
Huldbrand. Als das reiche Mahl zu Ende ging, und
man den Nachtisch auftrug, blieben die Thüren offen,
nach alter, guter Sitte in deutschen Landen, damit auch
das Volk zusehen könne und sich an der Lustigkeit der
Herrschaften mitfreuen. Bediente trugen Wein und
Kuchen unter den Zuschauern herum. Huldbrand und
Bertalda warteten mit heimlicher Ungeduld auf die ver=
sprochene Erklärung und verwandten, so sehr es sich thun
ließ, kein Auge von Undinen. Aber die schöne Frau
blieb noch immer still und lächelte nur heimlich und innig
froh vor sich hin. Wer um ihre gethane Verheißung
wußte, konnte sehn, daß sie ihr erquickendes Geheimnis
alle Augenblicke verraten wollte und es doch noch immer
in lüsterner Entsagung zurücklegte, wie es Kinder bis=
weilen mit ihren liebsten Leckerbissen thun. Bertalda
und Huldbrand teilten dies wonnige Gefühl, in hoffender
Bangigkeit das neue Glück erwartend, welches von ihrer
Freundin Lippen auf sie herniedertauen sollte. Da baten
Verschiedene von der Gesellschaft Undinen um ein Lied.

Es schien ihr gelegen zu kommen, sie ließ sich sogleich
ihre Laute bringen und sang folgende Worte:

> Morgen so hell,
> Blumen so bunt,
> Gräser so duftig und hoch
> An wallenden Sees Gestade!
> Was zwischen den Gräsern
> Schimmert so licht?
> Ist's eine Blüte weiß und groß,
> Vom Himmel gefallen in Wiesenschoß?
> Ach, ist ein zartes Kind! —
> Unbewußt mit Blumen tändelt's,
> Faßt nach goldnen Morgenlichtern. —
> O woher, woher Du holdes? —
> Fern vom unbekannten Strande
> Trug es hier der See heran. —
> Nein, fasse nicht, Du zartes Leben
> Mit Deiner kleinen Hand herum;
> Nicht Hand wird Dir zurückgegeben,
> Die Blumen sind so fremd und stumm.
> Die wissen wohl sich schön zu schmücken,
> Zu duften auch nach Herzenslust,
> Doch keine mag Dich an sich drücken,
> Fern ist die traute Mutterbrust.
> So früh', noch an des Lebens Thoren,
> Noch Himmelslächeln im Gesicht,
> Hast Du das Beste schon verloren,
> O armes Kind und weißt es nicht. —
> Ein edler Herzog kommt geritten
> Und hemmt vor Dir des Rosses Lauf;

Zu hoher Kunst und reinen Sitten
Zieht er in seiner Burg Dich auf.
Du hast unendlich viel gewonnen,
Du blühst, die Schönst' im ganzen Land,
Doch ach, die allerbesten Wonnen
Ließt Du am unbekannten Strand.

Undine senkte mit einem wehmütigen Lächeln ihre Laute; die Augen der herzoglichen Pflegeeltern Bertaldas standen voller Thränen. — So war es am Morgen, wo ich Dich fand, Du arme, holde Waise, sagte der Herzog tief bewegt; die schöne Sängerin hat wohl Recht: das Beste haben wir Dir dennoch nicht zu geben vermocht. —

Wir müssen aber auch hören, wie es den armen Eltern ergangen ist, sagte Undine, schlug die Saiten und sang:

Mutter geht durch ihre Kammern,
Räumt die Schränke ein und aus,
Sucht, und weiß nicht was, mit Jammern,
Findet nichts als leeres Haus.

Leeres Haus! O Wort der Klage
Dem, der einst ein holdes Kind
Drin gegängelt hat am Tage,
Drin gewiegt in Nächten lind.

Wieder grünen wohl die Buchen,
Wieder kommt der Sonne Licht,
Aber, Mutter, laß Dein Suchen,
Wieder kommt Dein Liebes nicht!

Und wenn Abendlüfte fächeln,
Vater heim zum Herde kehrt,
Regt sich's fast in ihm wie Lächeln,
Dran doch gleich die Thräne zehrt.

        Vater weiß, in seinen Zimmern
    Findet er die Todesruh,
    Hört nur bleicher Mutter Wimmern,
    Und kein Kindlein lacht ihm zu.

O um Gott, Undine! wo sind meine Eltern? rief die
weinende Bertalda.  Du weißt es gewiß, Du weißt es
gewiß, Du hast es erfahren, Du wundersame Frau, denn
sonst hättest Du mir das Herz nicht so zerrissen.  Sind
sie vielleicht schon hier?  Wär' es? — Ihr Auge durch-
flog die glänzende Gesellschaft und weilte auf einer
regierenden Herrin, die ihrem Pflegevater zunächst saß.
Da beugte sich Undine nach der Thür zurück, ihre Augen
flossen in der süßesten Rührung über. — Wo sind denn
die armen harrenden Eltern?  fragte sie, und der alte
Fischer mit seiner Frau wankten aus dem Haufen der
Zuschauer vor.  Ihre Augen hingen fragend bald an
Undinen, bald an dem schönen Fräulein, das ihre Tochter
sein sollte. — Sie ist es! stammelte die entzückte Geberin,
und die zwei alten Leute hingen, laut weinend und
Gott preisend, an dem Halse der Wiedergefundenen.
Aber entsetzt und zürnend riß sich Bertalda aus ihrer
Umarmung los.  Es war zu viel für dieses stolze
Gemüt, eine solche Wiedererkennung in dem Augenblicke,
wo sie fest gemeint hatte, ihren bisherigen Glanz noch zu
steigern, und die Hoffnung Thronhimmel und Kronen

über ihr Haupt herunterregnen ließ. — Es kam ihr vor,
als habe ihre Nebenbuhlerin dies alles ersonnen, um sie
nur recht ausgesucht vor Huldbranden und aller Welt zu
demütigen. Sie schalt Undinen, sie schalt die beiden
Alten, die häßlichen Worte: „Betrügerin" und „Er=
kauftes Volk!" rissen sich von ihren Lippen. Da sagte
die alte Fischersfrau nur ganz leise vor sich hin: Ach
Gott, sie ist ein böses Weibsbild geworden; und dennoch
fühl' ich's im Herzen, daß sie von mir geboren ist. —
Der alte Fischer aber hatte seine Hände gefaltet und
betete still, daß die hier seine Tochter nicht sein möge.
— Undine wankte todesbleich von den Eltern zu
Bertalden, von Bertalden zu den Eltern, plötzlich aus
all den Himmeln, die sie sich geträumt hatte, in eine
Angst und ein Entsetzen gestürzt, das ihr bisher auch
nicht im Traume kund geworden war. — Hast Du denn
eine Seele? Hast Du denn wirklich eine Seele, Ber=
talda? schrie sie einigemal in ihre zürnende Freundin
hinein, als wolle sie sie aus einem plötzlichen Wahnsinn
oder einem toll machenden Nachtgesichte gewaltsam zur
Besinnung bringen. Als aber Bertalda noch immer
ungestümer wütete, als die verstoßenen Eltern laut zu
heulen anfingen und die Gesellschaft sich streitend und
eifernd in verschiedene Parteien teilte, erbat sie sich mit
einem Male so würdig und ernst die Freiheit, in den
Zimmern ihres Mannes zu reden, daß alles um sie her
wie auf einen Wink stille ward. Sie trat darauf an das
obere Ende des Tisches, wo Bertalda gesessen hatte,
demütig und stolz, und sprach, während sich aller Augen
unverwandt auf sie richteten, folgendergestalt:

Ihr Leute, die Ihr so feindlich ausseht und so zerstört

und mir mein liebes Fest so grimm zerreißt, ach Gott, ich
wußte von Euren thörichten Sitten und Eurer harten
Sinnesweise nichts und werde mich wohl mein Lebelang
nicht drein finden. Daß ich alles verkehrt angefangen
habe, liegt nicht an mir; glaubt nur, es liegt einzig an
Euch, so wenig es Euch auch darnach aussehen mag. Ich
habe Euch auch deshalb nur wenig zu sagen, aber das
eine muß gesagt sein: Ich habe nicht gelogen. Beweise
kann und will ich Euch außer meiner Versicherung nicht
geben, aber beschwören will ich es. Mir hat es derselbe
gesagt, der Bertalden von ihren Eltern weg ins Wasser
lockte und sie nachher dem Herzog in seinen Weg auf die
grüne Wiese legte.

Sie ist eine Zauberin, rief Bertalda, eine Hexe, die
mit bösen Geistern Umgang hat! Sie bekennt es ja
selbst.

Das thue ich nicht, sagte Undine, einen ganzen Himmel
der Unschuld und Zuversicht in ihren Augen. Ich bin
auch keine Hexe; seht mich nur darauf an!

So lügt sie und prahlt, fiel Bertalda ein, und kann
nicht behaupten, daß ich dieser niederen Leute Kind sei.
Meine herzoglichen Eltern, ich bitte Euch, führt mich aus
dieser Gesellschaft fort und aus dieser Stadt, wo man
nur darauf ausgeht, mich zu schmähen.

Der alte ehrsame Herzog aber blieb fest stehen, und
seine Gemahlin sagte: Wir müssen durchaus wissen,
woran wir sind. Gott sei vor, daß ich eher nur einen
Fuß aus diesem Saale setze! — Da näherte sich die alte
Fischerin, beugte sich tief vor der Herzogin und sagte:
Ihr schließt mir das Herz auf, hohe, gottesfürchtige
Frau! Ich muß Euch sagen, wenn dieses böse Fräulein

meine Tochter ist, trägt sie ein Mal, gleich einem Veilchen,
zwischen beiden Schultern und ein gleiches auf dem
Spann ihres linken Fußes. Wenn sie sich nur mit mir
aus dem Saale entfernen wollte! — Ich entblöße mich
nicht vor der Bäuerin! sagte Bertalda, ihr stolz den
Rücken wendend. — Aber vor mir doch wohl, entgegnete
die Herzogin mit großem Ernst. Ihr werdet mir in
jenes Gemach folgen, Jungfrau, und die gute Alte
kommt mit. — Die drei verschwanden, und alle Übrigen
blieben in großer Erwartung schweigend zurück.
Nach einer kleinen Weile kamen die Frauen wieder,
Bertalda totenbleich, und die Herzogin sagte: Recht muß
Recht bleiben; deshalb erkläre ich, daß unsre Frau
Wirtin vollkommen wahr gesprochen hat. Bertalda ist
des Fischers Tochter, und so viel ist, als man hier zu
wissen braucht. Das fürstliche Ehepaar ging mit der
Pflegetochter fort; auf einen Wink des Herzogs folgte
ihnen der Fischer mit seiner Frau. Die andern Gäste
entfernten sich schweigend oder heimlich murmelnd, und
Undine sank herzlich weinend in Huldbrands Arme.

# Zwölftes Kapitel.

## Wie sie aus der Reichsstadt abreisten.

---

Dem Herrn von Ringstetten wär' es freilich lieber
gewesen, wenn sich alles an diesem Tage anders
gefügt hätte; aber auch so, wie es nun einmal war,
konnte es ihm nicht unlieb sein, da sich seine reizende
Frau so fromm und gutmütig und herzlich bewies. —
Wenn ich ihr eine Seele gegeben habe, mußt' er bei
sich selber sagen, gab ich ihr wohl eine bessere, als
meine eigne ist; und nun dachte er einzig darauf, die
Weinende zufrieden zu sprechen und gleich des andern
Tages einen Ort mit ihr zu verlassen, der ihr seit
diesem Vorfalle zuwider sein mußte. Zwar ist es an
dem, daß man sie eben nicht ungleich beurteilte. Weil
man schon früher etwas Wunderbares von ihr erwar=
tete, fiel die seltsame Entdeckung von Bertaldas Her=
kommen nicht allzusehr auf, und nur gegen diese war
jedermann, der die Geschichte und ihr stürmisch Betragen
dabei erfuhr, übel gesinnt. Davon wußten aber der
Ritter und seine Frau noch nichts; außerdem wäre eins
für Undinen so schmerzhaft gewesen als das andere, und
so hatte man nichts Besseres zu thun, als die Mauern
der alten Stadt baldmöglichst hinter sich zu lassen.

Mit den ersten Strahlen des Morgens hielt ein zier=
licher Wagen für Undinen vor dem Thore der Herberge;

Huldbrands und seiner Knappen Hengste stampften
daneben das Pflaster. Der Ritter führte seine schöne
Frau aus der Thür; da trat ihnen ein Fischermädchen
in den Weg. — Wir brauchen Deine Ware nicht, sagte
Huldbrand zu ihr, wir reisen eben fort. — Da fing das
Fischermädchen bitterlich an zu weinen, und nun erst
sahen die Eheleute, daß es Bertalda war. Sie traten
gleich mit ihr in das Gemach zurück und erfuhren von
ihr, der Herzog und die Herzogin seien so erzürnt über
ihre gestrige Härte und Heftigkeit, daß sie die Hand
gänzlich von ihr abgezogen hätten, nicht ohne ihr jedoch
vorher eine reiche Aussteuer zu schenken. Der Fischer
sei gleichfalls wohl begabt worden und habe noch gestern
Abend mit seiner Frau wieder den Weg nach der Seespitze eingeschlagen.

Ich wollte mit ihnen gehn, fuhr sie fort, aber der alte
Fischer, der mein Vater sein soll, —

Er ist es auch wahrhaftig, Bertalda, unterbrach sie
Undine. Sieh nur, der, welchen Du für den Brunnenmeister ansahst, erzählte mir's ausführlich. Er wollte
mich bereden, daß ich Dich nicht mit nach Burg Ringstetten nehmen sollte, und da fuhr ihm dieses Geheimnis
mit heraus.

Nun denn, sagte Bertalda, mein Vater — wenn es
denn so sein soll — mein Vater sprach: Ich nehme Dich
nicht mit, bis Du anders worden bist. Wage Dich allein
durch den verrufenen Wald zu uns hinaus; das soll die
Probe sein, ob Du Dir etwas aus uns machst. Aber
komm mir nicht wie ein Fräulein, wie eine Fischerdirne
komm! — Da will ich denn thun, wie er gesagt hat;
denn von aller Welt bin ich verlassen, und will als ein

armes Fischerkind bei den ärmlichen Eltern einsam leben
und sterben. Vor dem Walde graut es mir freilich sehr.
Es sollen abscheuliche Gespenster drinnen hausen, und ich
bin so furchtsam. Aber was hilft's? — Hierher kam ich
nur noch, um bei der edlen Frau von Ringstetten Verzeihung dafür zu erflehen, daß ich mich gestern so
ungebührlich erzeigte. Ich fühle wohl, Ihr habt es gut
gemeint, holde Dame, aber Ihr wußtet nicht, wie Ihr
mich verletzen würdet, und da strömte mir denn in der
Angst und Überraschung gar manch unsinnig-verwegenes
Wort über die Lippen. Ach verzeiht, verzeiht! Ich bin
ja so unglücklich schon. Denkt nur selbsten, was ich noch
gestern in der Frühe war, noch gestern zu Anfang Eures
Festes, und was nun heut! —

Die Worte gingen ihr unter in einem schmerzlichen
Thränenstrom, und gleichfalls bitterlich weinend fiel ihr
Undine um den Hals. Es dauerte lange, bis die tief
gerührte Frau ein Wort hervorbringen konnte; dann
aber sagte sie: Du sollst ja mit uns nach Ringstetten;
es soll ja alles bleiben, wie es früher war; nur nenne
mich wieder Du und nicht Dame und edle Frau! Sieh,
wir wurden als Kinder mit einander vertauscht; da schon
verzweigte sich unser Geschick, und wir wollen es fürder
so innig verzweigen, daß es keine menschliche Gewalt zu
trennen im Stande sein soll. Nur erst mit uns nach
Ringstetten! Wie wir als Schwestern mit einander
teilen wollen, besprechen wir dort. — Bertalda sah scheu
nach Huldbrand empor. Ihn jammerte des schönen,
bedrängten Mägdleins; er bot ihr die Hand und redete
ihr kosend zu, sich ihm und seiner Gattin anzuvertrauen.
— Euren Eltern, sagte er, schicken wir Botschaft, warum

Ihr nicht gekommen seid; — und noch manches wollte er
wegen der guten Fischersleute hinzuseßen, aber er sah,
wie Bertalda bei deren Erwähnung schmerzhaft zu-
sammenfuhr, und ließ also lieber das Reden davon sein.
Aber unter den Arm faßte er sie, hob sie zuerst in den
Wagen, Undinen ihr nach und trabte fröhlich beiher,
trieb auch den Fuhrmann so wacker an, daß sie das
Gebiet der Reichsstadt und mit ihm alle trüben
Erinnerungen in kurzer Zeit überflogen hatten, und nun
die Frauen mit besserer Lust durch die schönen Gegenden
hinrollten, welche ihr Weg sie entlang führte.

Nach einigen Tagereisen kamen sie eines schönen
Abends auf Burg Ringstetten an.  Dem jungen Rittersmann hatten seine Vögte und Mannen viel zu berichten,
so daß Undine mit Bertalden allein blieb.  Die beiden
ergingen sich auf dem hohen Wall der Feste und freuten
sich an der anmutigen Landschaft, die sich ringsum durch
das gesegnete Schwaben ausbreitete.  Da trat ein langer
Mann zu ihnen, der sie höflich grüßte, und der Bertalden
beinah vorkam, wie jener Brunnenmeister in der Reichsstadt.  Noch unverkennbarer ward ihr die Ähnlichkeit,
als Undine ihm unwillig, ja drohend zurückwinkte, und
er sich mit eiligen Schritten und schüttelndem Kopfe fort-
machte wie damals, worauf er in einem nahen Gebüsche
verschwand.  Undine aber sagte: Fürchte Dich nicht,
liebes Bertaldchen; diesmal soll Dir der häßliche
Brunnenmeister nichts zu Leide thun. — Und damit
erzählte sie ihr die ganze Geschichte ausführlich und auch,
wer sie selbst sei, und wie Bertalda von den Fischers-
leuten weg, Undine aber dahin gekommen war.  Die
Jungfrau entsetzte sich anfänglich vor diesen Reden; sie

glaubte, ihre Freundin sei von einem schnellen Wahnsinn
befallen.   Aber mehr und mehr überzeugte sie sich, daß
alles wahr sei, an Undinens zusammenhängenden Worten,
die zu den bisherigen Begebenheiten so gut paßten, und
noch mehr an dem innern Gefühl, mit welchem sich die
Wahrheit uns kund zu geben nie ermangelt.  Es war
ihr seltsam, daß sie nun selbst wie mitten in einem von
den Märchen lebe, die sie sonst nur erzählen gehört.
Sie starrte Undinen mit Ehrfurcht an, konnte sich aber
eines Schauders, der zwischen sie und ihre Freundin trat,
nicht mehr erwehren und mußte sich beim Abendbrot sehr
darüber wundern, wie der Ritter gegen ein Wesen so
verliebt und freundlich that, welches ihr seit den letzten
Entdeckungen mehr gespenstisch als menschlich vorkam.

# Dreizehntes Kapitel.

## Wie sie auf Burg Ringstetten lebten.

---

Der diese Geschichte aufschreibt, weil sie ihm das Herz bewegt und weil er wünscht, daß sie auch andern ein Gleiches thun möge, bittet Dich, lieber Leser, um eine Gunst. Sieh es ihm nach, wenn er jetzt über einen ziemlich langen Zeitraum mit kurzen Worten hingeht und Dir nur im Allgemeinen sagt, was sich darin begeben hat. Er weiß wohl, daß man es recht kunstgemäß und Schritt vor Schritt entwickeln könnte, wie Huldbrands Gemüt begann sich von Undinen ab= und Bertalden zuzuwenden; wie Bertalda dem jungen Mann mit glühender Liebe immer mehr entgegenkam, und er und sie die arme Ehefrau als ein fremdartiges Wesen mehr zu fürchten als zu bemitleiden schienen, wie Undine weinte, und ihre Thränen Gewissensbisse in des Ritters Herzen anregten, ohne jedoch die alte Liebe zu erwecken, so daß er ihr wohl bisweilen freundlich that, aber ein kalter Schauer ihn bald von ihr weg= und dem Menschen= kinde Bertalda entgegentrieb; — man könnte dies alles, weiß der Schreiber, ordentlich ausführen, vielleicht sollte man's auch. Aber das Herz thut ihm dabei allzu weh, denn er hat ähnliche Dinge erlebt und scheut sich in der Erinnerung auch noch vor ihrem Schatten. Du kennst wahrscheinlich ein ähnliches Gefühl, lieber Leser, denn so

ist nun einmal der sterblichen Menschen Geschick.  Wohl
Dir, wenn Du dabei mehr empfangen, als ausgeteilt hast,
denn hier ist Nehmen seliger als Geben.  Dann schleicht
Dir nur ein geliebter Schmerz bei solchen Erwähnungen
durch die Seele, und vielleicht eine linde Thräne die
Wange herab, um Deine verwelkten Blumenbeete, deren
Du Dich so herzlich gefreut hattest.  Damit sei es aber
auch genug; wir wollen uns nicht mit tausendfach ver=
einzelten Stichen das Herz durchprickeln, sondern nur
kurz dabei bleiben, daß es nun einmal so gekommen war,
wie ich es vorhin sagte.  Die arme Undine war sehr
betrübt, die andern beiden waren auch nicht eben ver=
gnügt; sonderlich meinte Bertalda bei der geringsten
Abweichung von dem, was sie wünschte, den eifersüchtigen
Druck der beleidigten Hausfrau zu spüren.  Sie hatte
sich deshalb ordentlich ein herrisches Wesen angewöhnt,
dem Undine in wehmütiger Entsagung nachgab, und das
durch den verblendeten Huldbrand gewöhnlich aufs ent=
schiedenste unterstützt ward. — Was die Burggesellschaft
noch mehr verstörte, waren allerhand wunderliche
Spukereien, die Huldbranden und Bertalden in den
gewölbten Gängen des Schlosses begegneten, und von
denen vorher seit Menschengedenken nichts gehört worden
war.  Der lange weiße Mann, in welchem Huldbrand
den Oheim Kühleborn, Bertalda den gespenstischen
Brunnenmeister nur allzu wohl erkannte, trat oftmals
drohend vor beide, vorzüglich aber vor Bertalden hin, so
daß diese schon einige Male vor Schrecken krank dar=
nieder gelegen hatte und manchmal daran dachte, die
Burg zu verlassen.  Teils aber war ihr Huldbrand allzu
lieb, und sie stützte sich dabei auf ihre Unschuld, weil es

nie zu einer eigentlichen Erklärung unter ihnen gekommen
war, teils auch wußte sie nicht, wohin sie sonst ihre
Schritte richten sollte.  Der alte Fischer hatte auf des
Herrn von Ringstetten Botschaft, daß Bertalda bei ihm
sei, mit einigen schwer zu lesenden Federzügen, so wie
sie ihm Alter und lange Gewöhnung gestatteten, ge=
antwortet: Ich bin nun ein armer alter Witwer worden,
denn meine liebe treue Frau ist mir gestorben.  Wie sehr
ich aber auch allein in der Hütte sitzen mag, Bertalda ist
mir lieber dort, als bei mir.   Nur daß sie meiner lieben
Undine nichts zu Leide thue, sonst hätte sie meinen
Fluch! — Die letztern Worte schlug Bertalda in den
Wind, aber das wegen des Wegbleibens von dem Vater
behielt sie gut, so wie wir Menschen in ähnlichen Fällen
es immer zu machen pflegen.

Eines Tages war Huldbrand eben ausgeritten, als
Undine das Hausgesinde versammelte, einen großen
Stein herbeibringen hieß und den prächtigen Brunnen,
der sich in der Mitte des Schloßhofes befand, sorgfältig
damit zu bedecken befahl.  Die Leute wandten ein, sie
würden alsdann das Wasser weit unten aus dem Thale
heraufzuholen haben.   Undine lächelte wehmütig. — Es
thut mir leid um Eure vermehrte Arbeit, liebe Kinder,
entgegnete sie; ich möchte lieber selbst die Wasserkrüge
heraufholen, aber dieser Brunnen muß nun einmal zu.
Glaubt es mir aufs Wort, daß es nicht anders angeht,
und daß wir nur dadurch ein größeres Unheil zu ver=
meiden im Stande sind. — Die ganze Dienerschaft freute
sich ihrer sanften Hausfrau gefällig sein zu können; man
fragte nicht weiter, sondern ergriff den ungeheuren Stein.
Dieser hob sich unter ihren Händen und schwebte bereits

über dem Brunnen, da kam Bertalda gelaufen und rief,
man solle innehalten; aus diesem Brunnen lasse sie das
Waschwasser holen, welches ihrer Haut so vorteilhaft sei,
und sie werde nimmermehr zugeben, daß man ihn
verschließe. Undine aber blieb diesmal, obgleich auf
gewohnte Weise sanft, dennoch auf ungewohnte Weise
bei ihrer Meinung fest; sie sagte, als Hausfrau gebühre
ihr, alle Anordnungen der Wirtschaft nach bester Über-
zeugung einzurichten, und niemandem habe sie darüber
Rechenschaft abzulegen, als ihrem Ehegemahl und Herrn.
—Seht, o seht doch, rief Bertalda unwillig und ängstlich,
das arme schöne Wasser kräuselt sich und windet sich,
weil es vor der klaren Sonne versteckt werden soll und
vor dem erfreulichen Anblick der Menschengesichter, zu
deren Spiegel es erschaffen ist! — In der That zischte
und regte sich die Flut im Borne ganz wunderlich; es
war, als wollte sich etwas daraus hervorringen, aber
Undine drang nur um so ernstlicher auf die Erfüllung
ihrer Befehle. Es brauchte dieses Ernstes kaum. Das
Schloßgesind war eben so froh, seiner milden Herrin zu
gehorchen, als Bertaldas Trotz zu brechen, und so
ungeberdig diese auch schelten und drohen mochte, lag
dennoch in kurzer Zeit der Stein über der Öffnung des
Brunnens fest. Undine lehnte sich sinnend darüber hin
und schrieb mit den schönen Fingern auf die Fläche.
Sie mußte aber wohl etwas sehr Scharfes und Ätzendes
dabei in der Hand gehabt haben, denn als sie sich
abwandte, und die Andern näher hinzutraten, nahmen
sie allerhand seltsame Zeichen auf dem Steine wahr, die
keiner vorher an demselben gesehen haben wollte.

Den heimkehrenden Ritter empfing am Abend Ber-

talda mit Thränen und Klagen über Undinens Verfahren.
Er warf ernste Blicke auf diese, und die arme Frau sah
betrübt vor sich nieder.    Doch sagte sie mit großer
Fassung: Mein Herr und Ehegemahl schilt ja keinen
Leibeignen, bevor er ihn hört, wie minder dann sein
angetrautes Weib. — Sprich, was Dich zu jener selt=
samen That bewog, sagte der Ritter mit finsterm Antlitz.
— Ganz allein möcht' ich es Dir sagen! seufzte Undine.
— Du kannst es eben so gut in Bertaldas Gegenwart,
entgegnete er. — Ja, wenn Du es gebeutst, sagte Un=
dine; aber gebeut es nicht!  O bitte, bitte, gebeut es
nicht! — Sie sah so demütig, ·hold und gehorsam aus,
daß des Ritters Herz sich einem Sonnenblick aus bessern
Zeiten erschloß.   Er faßte sie freundlich unter den Arm
und führte sie in sein Gemach, wo sie folgendermaßen zu
sprechen begann.

    Du kennst ja den bösen Oheim Kühleborn, mein
geliebter Herr, und bist ihm öfters unwillig in den
Gängen dieser Burg begegnet.   Bertalden hat er gar
bisweilen zum Krankwerden erschreckt.   Das macht, er
ist seelenlos, ein bloßer elementarischer Spiegel der
Außenwelt, der das Innere nicht wiederzustrahlen ver=
mag.   Da sieht er denn bisweilen, daß Du unzufrieden
mit mir bist, daß ich in meinem kindischen Sinne darüber
weine, daß Bertalda vielleicht eben in derselben Stunde
zufällig lacht.   Nun bildet er sich allerhand Ungleiches
ein und mischt sich auf vielfache Weise ungebeten in
unsern Kreis.   Was hilft's, daß ich ihn ausschelte, daß
ich ihn unfreundlich wegschicke?  Er glaubt mir nicht ein
Wort.   Sein armes Leben hat keine Ahnung davon, wie
Liebesleiden und Liebesfreuden einander so anmutig

gleichsehn und so innig verschwistert sind, daß keine
Gewalt sie zu trennen vermag. Unter der Thräne quillt
das Lächeln vor, das Lächeln lockt die Thräne aus ihren
Kammern.

Sie sah lächelnd und weinend nach Huldbrand in die
Höh', der allen Zauber der alten Liebe wieder in seinem
Herzen empfand. Sie fühlte das, drückte ihn inniger an
sich und fuhr unter freudigen Thränen also fort.

Da sich der Friedenstörer nicht mit Worten weisen
ließ, mußte ich wohl die Thür vor ihm zusperren. Und
die einzige Thür, die er zu uns hat, ist jener Brunnen.
Mit den andern Quellgeistern hier in der Gegend ist er
entzweit, von den nächsten Thälern an; und erst weiterhin auf der Donau, wenn einige seiner guten Freunde
hineingeströmt sind, fängt sein Reich wieder an. Darum
ließ ich den Stein über des Brunnens Öffnung wälzen
und schrieb Zeichen darauf, die alle Kraft des eifernden
Oheims lähmen, so daß er nun weder Dir, noch mir,
noch Bertalden in den Weg kommen soll. Menschen
freilich können trotz der Zeichen mit ganz gewöhnlichem
Bemühen, den Stein wieder abheben; die hindert es
nicht. Willst Du also, so thu' nach Bertaldas Begehr,
aber wahrhaftig! sie weiß nicht, was sie bittet. Auf sie
hat es der ungezogene Kühleborn ganz vorzüglich
abgesehen, und wenn manches käme, was er mir pro=
phezeien wollte, und was doch wohl geschehen könnte,
ohne daß Du es übel meintest, — ach, Lieber, so wärst
ja auch Du nicht außer Gefahr!

Huldbrand fühlte tief im Herzen die Großmut seiner
holden Frau, wie sie ihren furchtbaren Beschützer so emsig
aussperrte, und noch dazu von Bertalden darüber ge=

scholten worden war. Er drückte sie daher aufs lieb=
reichste in seine Arme und sagte gerührt: Der Stein
bleibt liegen, und alles bleibt und soll immer bleiben,
wie Du es haben willst, mein holdes Undinchen! —
Sie schmeichelte ihm, demütig=froh über die lang' ent=
behrten Worte der Liebe, und sagte endlich: Mein
allerliebster Freund, da Du heute so überaus mild und
gütig bist, dürft' ich es wohl wagen, Dir eine Bitte vor=
zutragen? Sieh nur, es ist mit Dir wie mit dem
Sommer. Eben in seiner besten Herrlichkeit setzt sich
der flammende und donnernde Kronen von schönen
Gewittern auf, darin er als ein rechter König und Erden=
gott anzusehen ist. So schiltst auch Du bisweilen und
wetterleuchtest mit Zung' und Augen, und das steht Dir
sehr gut, wenn ich auch bisweilen in meiner Thorheit
darüber zu weinen anfange. Aber thu' das nie gegen
mich auf einem Wasser, oder wo wir auch nur einem
Gewässer nahe sind. Siehe, dann bekämen die Ver=
wandten ein Recht über mich. Unerbittlich würden sie
mich von Dir reißen in ihrem Grimm, weil sie meinten,
daß eine ihres Geschlechts beleidigt sei, und ich müßte
lebenslang drunten in den Krystallpalästen wohnen und
dürfte nie wieder zu Dir herauf, oder sendeten sie mich
zu Dir herauf, — o Gott! dann wär' es noch unendlich
schlimmer. Nein, nein, Du süßer Freund, dahin laß es
nicht kommen, so lieb Dir die arme Undine ist!

Er verhieß feierlich zu thun, wie sie begehrte, und die
beiden Eheleute traten unendlich froh und liebevoll
wieder aus dem Gemach. Da kam Bertalda mit einigen
Werkleuten, die sie unterdes schon hatte bescheiden lassen,
und sagte mit einer mürrischen Art, die sie sich zeither

angenommen hatte: Nun ist doch wohl das geheime
Gespräch zu Ende, und der Stein kann herab. Geht
nur hin, Ihr Leute, und richtet's aus! — Der Ritter
aber, ihre Unart empört fühlend, sagte in kurzen und
sehr ernstlichen Worten: Der Stein bleibt liegen;
auch verwies er Bertalden ihre Heftigkeit gegen seine
Frau, worauf die Werkleute mit heimlich-vergnügtem
Lächeln fortgingen, Bertalda aber von der andern Seite
erbleichend nach ihren Zimmern eilte.

Die Stunde des Abendessens kam heran, und Bertalda ließ sich vergeblich erwarten. Man schickte nach
ihr; da fand der Kämmerling ihre Gemächer leer und
brachte nur ein versiegeltes Blatt, an den Ritter über-
schrieben, mit zurück. Dieser öffnete es bestürzt und las:

Ich fühle mit Beschämung, wie ich nur eine arme
Fischerdirne bin. Daß ich es auf Augenblicke vergaß,
will ich in der ärmlichen Hütte meiner Eltern büßen.
Lebt wohl mit Eurer schönen Frau!

Undine war von Herzen betrübt. Sie bat Huldbranden inbrünstig, der entflohenen Freundin nachzueilen
und sie wieder mit zurück zu bringen. Ach, sie hatte
nicht nötig zu treiben! Seine Neigung für Bertalden
brach wieder heftig hervor. Er eilte im ganzen Schloß
umher, fragend, ob niemand gesehen habe, welches
Weges die schöne Flüchtige gegangen sei. Er konnte
nichts erfahren und saß schon im Burghofe zu Pferde,
entschlossen, aufs Geratewohl dem Wege nach zu reiten,
den er Bertalden hierher geführt hatte. Da kam ein
Schildbub und versicherte, er sei dem Fräulein auf dem
Pfade nach dem Schwarzthale begegnet. Wie ein Pfeil
sprengte der Ritter durch das Thor der angewiesenen

Richtung nach, ohne Undinens ängstliche Stimme zu hören, die ihm aus dem Fenster nachrief: Nach dem Schwarzthal? O dahin nicht, Huldbrand, dahin nicht! Oder um Gottes willen nimm mich mit! — Als sie aber all ihr Rufen vergeblich sah, ließ sie eilig ihren weißen Zelter satteln und trabte dem Ritter nach, ohne irgend eines Dieners Begleitung annehmen zu wollen.

# Vierzehntes Kapitel.

Wie Bertalda mit dem Ritter heimfuhr.

---

Das Schwarzthal lag tief in die Berge hinein.
Wie es jetzo heißt, kann man nicht wissen.
Damals nannten es die Landleute so wegen der tiefen
Dunkelheit, welche von hohen Bäumen, worunter es
vorzüglich viele Tannen gab, in die Niederung herunter-
gestreut ward. Selbst der Bach, der zwischen den
Klippen hinstrudelte, sah davon ganz schwarz aus und
gar nicht so fröhlich, wie es Gewässer wohl zu thun
pflegen, die den blauen Himmel unmittelbar über sich
haben. Nun, in der hereinbrechenden Dämmerung, war
es vollends sehr wild und finster zwischen den Höhen
geworden. Der Ritter trabte ängstlich die Bachesufer
entlang, er fürchtete bald durch Verzögerung die Flüchtige zu weit voraus zu lassen, bald wieder in der großen
Eile sie irgendwo, dafern sie sich vor ihm verstecken
wollte, zu übersehen. Er war indes schon ziemlich tief in
das Thal hineingekommen und konnte nun denken das
Mägdlein bald eingeholt zu haben, wenn er anders auf
der rechten Spur war. Die Ahnung, daß er das auch
wohl nicht sein könne, trieb sein Herz zu immer ängst-
lichern Schlägen. Wo sollte die zarte Bertalda bleiben,
wenn er sie nicht fand, in der drohenden Wetternacht, die
sich immer furchtbarer über das Thal hereinbog? Da

sah er endlich etwas Weißes am Hange des Berges
durch die Zweige schimmern. Er glaubte Bertaldas
Gewand zu erkennen und machte sich hinzu. Sein Roß
aber wollte nicht hinan; es bäumte sich so ungestüm,
und er wollte so wenig Zeit verlieren, daß er — zumal
da ihm wohl ohnehin zu Pferde das Gesträuch allzu
hinderlich geworden wäre, — absaß und den schnaubenden Hengst an eine Rüster band, worauf er sich dann
vorsichtig durch die Büsche hinarbeitete. Die Zweige
schlugen ihm unfreundlich Stirn und Wangen mit der
kalten Nässe des Abendtaus; ein ferner Donner murmelte jenseits der Berge hin; es sah alles so seltsam
aus, daß er anfing, eine Scheu vor der weißen Gestalt zu
empfinden die nun schon unfern von ihm am Boden lag.
Doch konnte er ganz deutlich unterscheiden, daß es ein
schlafendes oder ohnmächtiges Frauenzimmer in langen,
weißen Gewändern war, wie sie Bertalda heute getragen
hatte. Er trat dicht vor sie hin, rauschte an den Zweigen,
klirrte an seinem Schwerte: — sie regte sich nicht. —
Bertalda! sprach er, erst leise, dann immer lauter: —
sie hörte nicht. Als er zuletzt den teuren Namen mit
gewaltsamer Anstrengung rief, hallte ein dumpfes Echo
aus den Berghöhlen des Thales lallend zurück: Bertalda! — aber die Schläferin blieb unerweckt. Er beugte
sich zu ihr nieder; die Dunkelheit des Thales und der
einbrechenden Nacht ließen keinen ihrer Gesichtszüge
unterscheiden. Als er sich nun eben mit einigem gram-
vollen Zweifel ganz nahe zu ihr an den Boden gedrückt
hatte, fuhr ein Blitz schnell erleuchtend über das Thal
hin. Er sah ein abscheulich verzerrtes Antlitz vor sich,
das mit dumpfer Stimme rief: Gieb mir 'nen Kuß, Du

verliebter Schäfer! — Vor Entsetzen schreiend, fuhr
Huldbrand in die Höh', die häßliche Gestalt ihm nach.
— Zu Haus! murmelte sie; die Unholde sind wach.
Zu Haus, sonst hab' ich Dich! — Und es griff nach ihm
mit langen, weißen Armen. — Tückischer Kühleborn,
rief der Ritter, sich ermannend, was gilt's, Du bist es,
Du Kobold! Da hast Du 'nen Kuß! — Und wütend
hieb er mit dem Schwerte gegen die Gestalt. Aber die
zerstob, und ein durchnässender Wasserguß ließ dem
Ritter keinen Zweifel darüber, mit welchem Feinde er
gestritten habe.

Er will mich zurückschrecken von Bertalden, sagte er
laut zu sich selbst; er denkt, ich soll mich vor seinen
albernen Spukereien fürchten und ihm das arme, ge=
ängstete Mädchen hingeben, damit er sie seine Rache
könne fühlen lassen. Das soll er doch nicht, der
schwächliche Elementargeist! Was eine Menschenbrust
vermag, wenn sie so recht will, so recht aus ihrem besten
Leben will, das versteht der ohnmächtige Gaukler nicht.
— Er fühlte die Wahrheit seiner Worte, und daß er sich
selbst dadurch einen ganz erneuten Mut in das Herz
gesprochen habe. Auch schien es, als träte das Glück
mit ihm in Bund, denn noch war er nicht wieder bei
seinem angebundenen Rosse, da hörte er schon ganz
deutlich Bertaldens klagende Stimme, wie sie unfern
von ihm durch das immer lauter werdende Geräusch des
Donners und Sturmwindes hinüber weinte. Be=
flügelten Fußes eilte er dem Schalle nach und fand die
erbebende Jungfrau, wie sie eben die Höhe hinanzu=
klimmen versuchte, um sich auf alle Weise aus dem
schaurigen Dunkel dieses Thales zu retten. Er aber

trat ihr liebkosend in den Weg, und so kühn und stolz
auch früher ihr Entschluß mochte gewesen sein, empfand
sie doch jetzt nur allzu lebendig das Glück, daß ihr im
Herzen geliebter Freund sie aus der furchtbaren Einsamkeit erlöse, und das helle Leben in der befreundeten
Burg so anmutige Arme nach ihr ausstrecke. Sie folgte
fast ohne Widerspruch, aber so ermattet, daß der Ritter
froh war, sie bis zu seinem Rosse geleitet zu haben,
welches er nun eilig losknüpfte, um die schöne Wanderin
hinaufzuheben und es alsdann am Zügel durch die
ungewissen Schatten der Thalgegend vorsichtig sich
nachzuleiten.

Aber das Pferd war ganz verwildert durch Kühleborns
tolle Erscheinung. Selbst der Ritter würde Mühe
gebraucht haben, auf des bäumenden, wild schnaubenden
Tieres Rücken zu springen; die zitternde Bertalda
hinaufzuheben war eine volle Unmöglichkeit. Man be-
schloß also zu Fuß heimzukehren. Das Roß am Zügel
nachzerrend, unterstützte der Ritter mit der andern Hand
das schwankende Mägdlein. Bertalda machte sich so
stark als möglich, um den furchtbaren Thalgrund schnell
zu durchwandeln, aber wie Blei zog die Müdigkeit sie
herab, und zugleich bebten ihr alle Glieder zusammen,
teils noch von mancher überstandenen Angst, womit
Kühleborn sie vorwärts gehetzt hatte, teils auch in der
fortdauernden Bangigkeit vor dem Geheul des Sturmes
und Donners durch die Waldung des Gebirges.

Endlich entglitt sie dem stützenden Arm ihres Führers,
und, auf das Moos hingesunken, sagte sie: Laßt mich nur
hier liegen, edler Herr! Ich büße meiner Thorheit
Schuld und muß nun doch auf alle Weise hier verkommen

vor Mattigkeit und Angst. — Nimmermehr, holde
Freundin, verlaß' ich Euch! rief Huldbrand, vergeblich
bemüht, den brausenden Hengst an seiner Hand zu
bändigen, der ärger als vorhin zu tosen und zu schäumen
begann; der Ritter war endlich nur froh, daß er ihn von
der hingesunkenen Jungfrau fern genug hielt, um sie nicht
durch die Furcht vor ihm noch mehr zu erschrecken. Wie er
sich aber mit dem tollen Pferde nur kaum einige Schritte
entfernte, begann sie auch gleich ihm auf das aller=
jämmerlichste nachzurufen, des Glaubens, er wolle sie
wirklich hier in der entsetzlichen Wildnis verlassen. Er
wußte gar nicht mehr, was er beginnen sollte. Gern
hätte er dem wütenden Tiere volle Freiheit gegeben,
durch die Nacht hinzustürmen und seine Raserei aus=
zutoben, hätte er nur nicht fürchten müssen, es würde in
diesem engen Paß mit seinen beerzten Hufen eben über
die Stelle hindonnern, wo Bertalda lag.

Während dieser großen Not und Verlegenheit war es
ihm unendlich trostreich, daß er einen Wagen langsam
den steinigen Weg hinter sich herabfahren hörte. Er
rief um Beistand; eine männliche Stimme antwortete,
verwies ihn zur Geduld, aber versprach zu helfen, und
bald darauf leuchteten schon zwei Schimmel durch das
Gebüsch, der weiße Kärrnerkittel ihres Führers nebenher,
worauf sich denn auch die große weiße Leinwand sehen
ließ, mit welcher die Waren, die er bei sich führen mochte,
überdeckt waren. Auf ein lautes Brr! aus dem Munde
ihres Herrn standen die gehorsamen Schimmel. Er kam
gegen den Ritter heran und half ihm das schäumende
Tier bändigen. — Ich merke wohl, sagte er dabei,
was der Bestie fehlt. Als ich zuerst durch diese Gegend

zog, ging es meinen Pferden nicht beffer. Das macht,
hier wohnt ein böfer Waffernix, der an folchen Neckereien
Luft hat. Aber ich hab' ein Sprüchlein gelernt; wenn
Ihr mir vergönnen wolltet, dem Roffe das ins Ohr zu
fagen, fo follt' es gleich fo ruhig ftehn, wie meine
Schimmel da. — Verfucht Euer Heil und helft nur bald!
fchrie der ungeduldige Ritter. Da bog der Fuhrmann
den Kopf des bäumenden Pferdes zu fich herunter und
fagte ihm einige Worte ins Ohr. Augenblicklich ftand
der Hengft gezähmt und friedlich ftill, und nur ein
erhitztes Keuchen und Dampfen zeugte noch von der vor-
herigen Unbändigkeit. Es war nicht viel Zeit für Huldbranden, lange zu fragen, wie dies zugegangen fei. Er
ward mit dem Kärrner einig, daß er Bertalden auf den
Wagen nehmen folle, wo feiner Ausfage nach die weichfte
Baumwolle in Ballen lag, und fo möge er fie bis nach
Burg Ringftetten führen; der Ritter wollte den Zug zu
Pferde begleiten. Aber das Roß fchien von feinem
vorigen Toben zu erfchöpft, um noch feinen Herrn fo
weit zu tragen, weshalb diefem der Kärrner zuredete, mit
Bertalden in den Wagen zu fteigen. Das Pferd könne
man ja hinten anbinden. — Es geht bergunter, fagte er,
und da wird's meinen Schimmeln leicht. — Der Ritter
nahm das Erbieten an, er beftieg mit Bertalden den
Wagen, der Hengft folgte geduldig nach, und rüftig und
achtfam fchritt der Fuhrmann beiher.

In der Stille der tiefer dunkelnden Nacht, aus der das
Gewitter immer ferner und fchweigfamer abdonnerte, in
dem behaglichen Gefühl der Sicherheit und des bequemen
Fortkommens entfpann fich zwifchen Huldbrand und
Bertalda ein trauliches Gefpräch. Mit fchmeichelnden

Worten schalt er sie um ihr trotziges Flüchten; mit
Demut und Rührung entschuldigte sie sich, und aus
allem, was sie sprach, leuchtete es hervor gleich einer
Lampe, die dem Geliebten zwischen Nacht und Geheimnis
kundgiebt, die Geliebte harre noch sein.  Der Ritter
fühlte den Sinn dieser Reden weit mehr, als daß er auf
die Bedeutung der Worte Acht gegeben hätte, und antwortete auch einzig auf jenen.  Da rief der Fuhrmann
plötzlich mit kreischender Stimme: Hoch, Ihr Schimmel!
Hoch den Fuß! Nehmt Euch zusammen, Schimmel,
denkt hübsch, was Ihr seid!— Der Ritter beugte sich
aus dem Wagen und sah wie die Pferde mitten im
schäumenden Wasser dahinschritten oder fast schon
schwammen, des Wagens Räder wie Mühlenräder
blinkten und rauschten, der Kärrner vor der wachsenden
Flut auf das Fuhrwerk gestiegen war. — Was soll das
für ein Weg sein?  Der geht ja mitten in den Strom!
rief Huldbrand seinem Führer zu. — Nein, Herr, lachte
dieser zurück; es ist grad' umgekehrt.  Der Strom geht
mitten in unsern Weg.  Seht Euch nur um, wie alles
übergetreten ist!

In der That wogte und rauschte der ganze Thalgrund
von plötzlich empörten, sichtbar steigenden Wellen.  Das
ist der Kühleborn, der böse Wassernix, der uns ersäufen
will! rief der Ritter.  Weißt Du kein Sprüchlein wider
ihn, Gesell? — Ich wüßte wohl eins, sagte der Fuhrmann, aber ich kann und mag es nicht eher brauchen, als
bis Ihr wißt, wer ich bin. — Ist es hier Zeit zu Rät-
seln? schrie der Ritter.  Die Flut steigt immer höher,
und was geht es mich an, zu wissen, wer Du bist? —
Es geht Euch aber doch was an, sagte der Fuhrmann,

denn ich bin Kühleborn. — Damit lachte er verzerrten
Antlitzes zum Wagen herein, aber der Wagen blieb
nicht Wagen mehr, die Schimmel nicht Schimmel; alles
verschäumte, verrann in zischenden Wogen, und selbst
der Fuhrmann bäumte sich als eine riesige Welle empor,
riß den vergeblich arbeitenden Hengst unter die Gewässer
hinab und wuchs dann wieder und wuchs über den
Häuptern des schwimmenden Paares, wie zu einem
feuchten Turme an und wollte sie eben rettungslos
begraben. —

Da scholl Undinens anmutige Stimme durch das
Getöse hin; der Mond trat aus den Wolken und mit
ihm ward Undine auf den Höhen des Thalgrundes sicht=
bar. Sie schalt, sie drohte in die Fluten hinab, die
drohende Turmeswoge verschwand murrend und mur=
melnd; leise rannen die Wasser im Mondglanze dahin,
und wie eine weiße Taube sah man Undinen von der
Höhe hinabtauchen, den Ritter und Bertalden erfassen
und mit sich nach einem frischen grünen Rasenfleck auf
der Höhe emporheben, wo sie mit ausgesuchten Labungen
Ohnmacht und Schrecken vertrieb; dann half sie Ber=
talden zu dem weißen Zelter, der sie selbst hergetragen
hatte, hinaufheben, und so gelangten alle drei nach Burg
Ringstetten zurück.

# Fünfzehntes Kapitel.

### Die Reise nach Wien.

---

Es lebte sich seit der letzten Begebenheit still und ruhig auf dem Schloß. Der Ritter erkannte mehr und mehr seiner Frauen himmlische Güte, die sich durch ihr Nacheilen und Retten im Schwarzthale, wo Kühleborns Gewalt wieder anging, so herrlich offenbart hatte; Undine selbst empfand den Frieden und die Sicherheit, deren ein Gemüt nie ermangelt, so lange es mit Besonnenheit fühlt, daß es auf dem rechten Wege sei, und zudem gingen ihr in der neu erwachenden Liebe und Achtung ihres Ehemannes vielfache Schimmer der Hoffnung und Freude auf. Bertalda hingegen zeigte sich dankbar, demütig und scheu, ohne daß sie wieder diese Äußerungen als etwas Verdienstliches angeschlagen hätte. So oft ihr eines der Eheleute über die Ver= deckung des Brunnens oder über die Abenteuer im Schwarzthale irgend etwas Erklärendes sagen wollte, bat sie inbrünstig, man möge sie damit verschonen, weil sie wegen des Brunnens allzu viele Beschämung und wegen des Schwarzthales allzu viele Schrecken empfinde. Sie erfuhr daher auch von beiden weiter nichts; und wozu schien es auch nötig zu sein? Der Friede und die Freude hatten ja ihren sichtbaren Wohnsitz in Burg Ringstetten genommen. Man ward darüber ganz sicher

und meinte, nun könne das Leben gar nichts mehr tragen
als anmutige Blumen und Früchte.

In so erlabenden Verhältnissen war der Winter ge=
kommen und vorübergegangen, und der Frühling sah
mit seinen hellgrünen Sprossen und seinem lichtblauen
Himmel zu den fröhlichen Menschen herein. Ihm war
zu Mut wie ihnen, und ihnen wie ihm. Was Wunder,
daß seine Störche und Schwalben auch in ihnen die
Reiselust anregten! Während sie einmal nach den
Donauquellen hinab lustwandelten, erzählte Huldbrand
von der Herrlichkeit des edlen Stromes, und wie er
wachsend durch gesegnete Länder fließe, wie das köstliche
Wien an seinen Ufern emporglänze, und er überhaupt
mit jedem Schritt seiner Fahrt an Macht und Lieblichkeit
gewinne. — Es müßte herrlich sein, ihn so bis Wien
einmal hinabzufahren! brach Bertalda aus, aber gleich
darauf in ihre jetzige Demut und Bescheidenheit zurück=
gesunken, schwieg sie errötend still. Eben dies rührte
Undinen sehr, und im lebhaftesten Wunsch, der lieben
Freundin eine Lust zu machen, sagte sie: Wer hindert
uns denn die Reise anzutreten? — Bertalda hüpfte vor
Freuden in die Höhe, und die beiden Frauen begannen
sogleich sich die anmutige Donaufahrt mit den aller=
hellsten Farben vor die Sinne zu rufen. Auch Huld=
brand stimmte fröhlich darin ein; nur sagte er einmal
besorgt Undinen ins Ohr: Aber weiterhin ist Kühleborn
wieder gewaltig! — Laß ihn nur kommen, entgegnete
sie lachend; ich bin ja dabei, und vor mir wagt er sich
mit keinem Unheil hervor.— Damit war das letzte Hinder=
nis gehoben, man rüstete sich zur Fahrt und trat sie als=
bald mit frischem Mut und den heitersten Hoffnungen an.

Wundert Euch aber nur nicht, Ihr Menschen, wenn es dann immer ganz anders kommt, als man gemeint hat. Die tückische Macht, die lauert, uns zu verderben, singt ihr auserkornes Opfer gern mit süßen Liedern und goldnen Märchen in den Schlaf. Dagegen pocht der rettende Himmelsbote oftmals scharf und erschreckend an unsere Thür.

Sie waren die ersten Tage ihrer Donaufahrt hindurch außerordentlich vergnügt gewesen. Es ward auch alles immer besser und schöner, so wie sie den stolzen, flutenden Strom weiter hinunterschifften. Aber in einer sonst höchst anmutigen Gegend, von deren erfreulichem Anblick sie sich die beste Freude versprochen hatten, fing der unbändige Kühleborn ganz unverhohlen an, seine hier eingreifende Macht zu zeigen. Es blieben zwar blos Neckereien, weil Undine oftmals in die empörten Wellen oder in die hemmenden Winde hinein schalt, und sich dann die Gewalt des Feindseligen augenblicklich in Demut ergab; aber wieder kamen die Angriffe, und wieder brauchte es der Mahnung Undinens, so daß die Lustigkeit der kleinen Reisegesellschaft eine gänzliche Störung erlitt. Dabei zischelten sich noch immer die Fährleute zagend in die Ohren und sahen mißtrauisch auf die drei Herrschaften, deren Diener selbsten mehr und mehr etwas Unheimliches zu ahnen begannen und ihre Gebieter mit seltsamen Blicken verfolgten. Huldbrand sagte öfters bei sich im stillen Gemüte: Das kommt davon, wenn Gleich sich nicht zu Gleich gesellt, wenn Mensch und Meerfräulein ein wunderliches Bündnis schließen. — Sich entschuldigend, wie wir es denn überhaupt lieben, dachte er freilich oftmals dabei: ich hab' es

ja nicht gewußt, daß sie ein Meerfräulein war. Mein
ist das Unheil, das jeden meiner Schritte durch der tollen
Verwandtschaft Grillen bannt und stört, aber mein ist
nicht die Schuld. — Durch solcherlei Gedanken fühlte er
sich einigermaßen gestärkt, aber dagegen ward er immer
verdrießlicher, ja feindseliger wider Undinen gestimmt.
Er sah sie schon mit mürrischen Blicken an, und die arme
Frau verstand deren Bedeutung wohl. Dadurch und
durch die beständige Anstrengung wider Kühleborns
Listen erschöpft, sank sie gegen Abend, von der sanft
gleitenden Barke angenehm gewiegt, in einen tiefen
Schlaf.

Kaum aber, daß sie die Augen geschlossen hatte, so
wähnte jedermann im Schiffe nach der Seite, wo er
gerade hinaussah, ein ganz abscheuliches Menschenhaupt
zu erblicken, das sich aus den Wellen emporhob, nicht
wie das eines Schwimmenden, sondern ganz senkrecht,
wie auf den Wasserspiegel gerade eingepfählt, aber mit=
schwimmend, so wie die Barke schwamm. Jeder wollte
dem andern zeigen, was ihn erschreckte, und jeder fand
zwar auf des andern Gesichte das gleiche Entsetzen, Hand
und Auge aber nach einer andern Richtung hin zeigend,
als wo ihm selbst das halb lachende, halb dräuende
Scheusal vor Augen stand. Wie sie sich nun aber
einander darüber verständigen wollten, und alles rief:
Sieh dorthin, nein dorthin! — da wurden jedwedem die
Gräuelbilder aller sichtbar, und die ganze Flut um das
Schiff her wimmelte von den entsetzlichsten Gestalten.
Von dem Geschrei, das sich darüber erhob, erwachte
Undine. Vor ihren aufgehenden Augenlichtern ver=
schwand der mißgeschaffenen Gesichter tolle Schaar.

Aber Huldbrand war empört über so viele häßliche
Gaukeleien. Er wäre in wilde Verwünschungen aus=
gebrochen, nur daß Undine mit den demütigsten Blicken
und ganz leise bittend sagte: Um Gott, mein Eheherr,
wir sind auf den Fluten; zürne jetzt nicht auf mich! —
Der Ritter schwieg, setzte sich und versank in ein tiefes
Nachdenken. Undine sagte ihm ins Ohr: Wär' es nicht
besser, mein Liebling, wir ließen die thörichte Reise und
kehrten nach Burg Ringstetten in Frieden zurück? —
Aber Huldbrand murmelte feindselig: Also ein Ge=
fangener soll ich sein auf meiner eigenen Burg und
atmen nur können, so lange der Brunnen zu ist? So
wollt' ich, daß die tolle Verwandtschaft — Da drückte
Undine schmeichelnd ihre schöne Hand auf seine Lippen.
Er schwieg auch und hielt sich still, so manches, was ihm
Undine früher gesagt hatte, erwägend.

Indessen hatte Bertalda sich allerhand seltsam um=
schweifenden Gedanken überlassen. Sie wußte vieles
von Undinens Herkommen und doch nicht alles, und
vorzüglich war ihr der furchtbare Kühleborn ein schreck=
liches, aber noch immer ganz dunkles Rätsel geblieben,
so daß sie nicht einmal seinen Namen je vernommen
hatte. Über alle diese wunderlichen Dinge nachsinnend,
knüpfte sie, ohne sich dessen recht bewußt zu werden, ein
goldnes Halsband los, welches ihr Huldbrand auf einer
der letzten Tagereisen von einem herumziehenden
Handelsmann gekauft hatte, und ließ es dicht über die
Oberfläche des Flusses spielen, sich halb träumend an
dem lichten Schimmer ergötzend, den es in die abendhellen
Gewässer warf. Da griff plötzlich eine große Hand aus
der Donau herauf, erfaßte das Halsband und fuhr damit

unter die Fluten. Bertalda schrie laut auf, und ein
höhnisches Gelächter schallte aus den Tiefen des Stromes
drein. Nun hielt sich des Ritters Zorn nicht länger.
Aufspringend schalt er in die Gewässer hinein, ver=
wünschte alle, die sich in seine Verwandtschaft und sein
Leben drängen wollten, und forderte sie auf, Nix oder
Sirene, sich vor sein blankes Schwert zu stellen. Ber=
talda weinte indeß um den verlorenen, ihr so innig lieben
Schmuck und goß mit ihren Thränen Öl in des Ritters
Zorn, während Undine ihre Hand über den Schiffsbord
in die Wellen getaucht hielt, in einem fort sacht vor sich
hin murmelnd und nur manchmal ihr seltsam=heimliches
Geflüster unterbrechend, indem sie bittend zu ihrem
Eheherrn sprach: Mein Herzlichlieber, hier schilt mich
nicht, schilt alles, was Du willst, aber hier mich nicht!
Du weißt ja. — Und wirklich enthielt sich seine vor Zorn
stammelnde Zunge noch jedes Wortes unmittelbar wider
sie. Da brachte sie mit der feuchten Hand, die sie unter
den Wogen gehalten hatte, ein wunderschönes Korallen=
halsband hervor, so herrlich blitzend, daß allen davon
die Augen fast geblendet wurden. Nimm hin, sagte sie,
es Bertalden freundlich hinhaltend, das hab' ich Dir
zum Ersatz bringen lassen, und sei nicht weiter betrübt,
Du armes Kind. — Aber der Ritter sprang dazwischen.
Er riß den schönen Schmuck Undinen aus der Hand,
schleuderte ihn wieder in den Fluß und schrie wut=
entbrannt: So hast Du denn immer Verbindung mit
ihnen? Bleib bei ihnen in aller Hexen Namen mit all
Deinen Geschenken und laß uns Menschen zufrieden,
Gauklerin Du! — Starren, aber thränenströmenden
Blickes sah ihn die arme Undine an, noch immer die

Hand ausgestreckt, mit welcher sie Bertalden ihr hübsches Geschenk so freundlich hatte hinreichen wollen. Dann fing sie immer herzlicher an zu weinen, wie ein recht unverschuldet und recht bitterlich gekränktes liebes Kind. Endlich sagte sie ganz matt: Ach, holder Freund, ach, lebe wohl! Sie sollen Dir nichts thun; nur bleibe treu. daß ich sie Dir abwehren kann. Ach, aber fort muß ich, muß fort auf diese ganze junge Lebenszeit. O weh, o weh, was hast Du angerichtet! O weh, o weh!

Und über den Rand der Barke schwand sie hinaus. — Stieg sie hinüber in die Flut, verströmte sie darin, man wußt' es nicht, es war wie beides und wie keins. Bald aber war sie in die Donau ganz verronnen; nur flüsterten noch kleine Wellchen schluchzend um den Kahn, und fast vernehmlich war's, als sprächen sie: O weh, o weh! Ach bleibe treu! O weh!

Huldbrand aber lag in heißen Thränen auf dem Verdecke des Schiffes, und eine tiefe Ohnmacht hüllte den Unglücklichen bald in ihre mildernden Schleier ein.

## Sechzehntes Kapitel.

### Von Huldbrands fürderm Ergehn.

———

Soll man sagen: Leider, oder: Zum Glück, daß es
mit unsrer Trauer keinen rechten Bestand hat?
Ich meine, mit unsrer so recht tiefen und aus dem Borne
des Lebens schöpfenden Trauer, die mit dem verlornen
Geliebten so eines wird, daß es ihr nicht mehr verloren
ist, und sie ein geweihtes Priestertum an seinem Bilde
durch das ganze Leben durchführen will, bis die Schranke,
die ihm gefallen ist, auch uns zufällt. Freilich bleiben
wohl gute Menschen wirklich solche Priester, aber es ist
doch nicht die erste, rechte Trauer mehr. Andre, fremd=
artige Bilder haben sich dazwischengedrängt; wir erfahren
endlich die Vergänglichkeit aller irdischen Dinge sogar
an unserm Schmerz, und so muß ich denn sagen: Leider,
daß es mit unsrer Trauer keinen rechten Bestand hat!

Der Herr von Ringstetten erfuhr das auch; ob zu
seinem Heile, werden wir im Verfolg dieser Geschichte
hören. Anfänglich konnte er nichts, als immer recht
bitterlich weinen, wie die arme freundliche Undine
geweint hatte, als er ihr den blanken Schmuck aus der
Hand riß, mit dem sie alles so schön und gut machen
wollte. Und dann streckte er die Hand aus, wie sie es
gethan hatte, und weinte immer wieder von Neuem, wie
sie. Er hegte die heimliche Hoffnung, endlich auch ganz

in Thränen zu verrinnen; und ist nicht selbst manchem
von uns andern in großem Leide der ähnliche Gedanke
mit schmerzender Lust durch den Sinn gezogen? Bertalda weinte mit, und sie lebten lange ganz still bei
einander auf Burg Ringstetten, Undinens Andenken
feiernd und der ehemaligen Neigung fast gänzlich vergessen habend. Dafür kam auch um diese Zeit oftmals
die gute Undine zu Huldbrands Träumen; sie streichelte
ihn sanft und freundlich und ging dann still weinend
wieder fort, so daß er im Erwachen oftmals nicht recht
wußte, wovon seine Wangen so naß waren, kam es von
ihren oder bloß von seinen Thränen.

Die Traumgesichte wurden aber mit der Zeit seltner,
der Gram des Ritters matter, und dennoch hätte er vielleicht nie in seinem Leben einen andern Wunsch gehegt,
als so stille fort Undinens zu gedenken und von ihr zu
sprechen, wäre nicht der alte Fischer unvermutet auf dem
Schloß erschienen und hätte Bertalden nun alles Ernstes
als sein Kind zurückgeheischt. Undinens Verschwinden
war ihm kund geworden, und er wollte es nicht länger
zugeben, daß Bertalda bei dem unverehelichten Herrn
auf der Burg verweile. — Denn, ob meine Tochter mich
lieb hat oder nicht, sprach er, will ich jetzt gar nicht
wissen, aber die Ehrbarkeit ist im Spiel, und wo die
spricht, hat nichts andres mehr mitzureden.

Die Gesinnung des alten Fischers und die Einsamkeit,
die den Ritter aus allen Sälen und Gängen der ver-
ödeten Burg schauerlich nach Bertaldas Abreise zu
erfassen drohte, brachten zum Ausbruch, was früher
entschlummert und in dem Gram über Undinen ganz
vergessen war: die Neigung Huldbrands für die schöne

Bertalda. Der Fischer hatte vieles gegen die vor=
geschlagene Heirat einzuwenden. Undine war dem alten
Manne sehr lieb gewesen, und er meinte, man wisse ja
noch kaum, ob die liebe Verschwundene recht eigentlich
tot sei. Liege aber ihr Leichnam wirklich starr und kalt
auf dem Grunde der Donau oder treibe mit den Fluten
ins Weltmeer hinaus, so habe Bertalda an ihrem Tode
mit Schuld, und nicht zieme es ihr, an den Platz der
armen Verdrängten zu treten. Aber auch den Ritter
hatte der Fischer sehr lieb; die Bitten der Tochter, die
um vieles sanfter und ergebener geworden war, wie auch
ihre Thränen um Undinen kamen dazu, und er mußte
wohl endlich seine Einwilligung gegeben haben, denn er
blieb ohne Widerrede auf der Burg, und ein Eilbote
ward abgesandt, den Pater Heilmann, der in frühern,
glücklichen Tagen Undinen und Huldbranden eingesegnet
hatte, zur zweiten Trauung des Ritters nach dem
Schlosse zu holen.

Der fromme Mann aber hatte kaum den Brief des
Herrn von Ringstetten durchlesen, so machte er sich in
noch viel größerer Eile nach dem Schlosse auf den Weg,
als der Bote von dorten zu ihm gekommen war. Wenn
ihm auf dem schnellen Gange der Atem fehlte, oder die
alten Glieder schmerzten vor Müdigkeit, pflegte er zu sich
selber zu sagen: Vielleicht ist noch Unrecht zu hindern;
sinke nicht eher als am Ziele, Du verdorrter Leib! —
Und mit erneuter Kraft riß er sich alsdann auf und
wallte und wallte ohne Rast und Ruh, bis er eines
Abends spät in den belaubten Hof der Burg Ringstetten
eintrat.

Die Brautleute saßen Arm in Arm unter den Bäumen,

der alte Fischer nachdenklich neben ihnen. Kaum nun,
daß sie den Pater Heilmann erkannten, so sprangen sie
auf und drängten sich bewillkommnend um ihn her.
Aber er, ohne viele Worte zu machen, wollte den
Bräutigam mit sich in die Burg ziehen. Als indessen
dieser staunte und zögerte, den ernsten Winken zu
gehorchen, sagte der fromme Geistliche: Was halte ich
mich denn lange dabei auf, Euch im Geheim sprechen zu
wollen, Herr von Ringstetten? Was ich zu sagen habe,
geht Bertalden und den Fischer eben so gut mit an, und
was einer doch irgend einmal hören muß, mag er lieber
gleich so bald hören, als es nur möglich ist. Seid Ihr
denn so gar gewiß, Ritter Huldbrand, daß Eure erste
Gattin wirklich gestorben ist? Mir kommt es kaum so
vor. Ich will zwar weiter nichts darüber sprechen,
welch' eine wundersame Bewandtnis es mit ihr gehabt
haben mag, weiß auch davon nichts Gewisses. Aber ein
frommes, vielgetreues Weib war sie, so viel ist außer
allem Zweifel. Und seit vierzehn Nächten hat sie in
Träumen an meinem Bette gestanden, ängstlich die zarten
Händlein ringend und in einem fort seufzend: Ach hindr'
ihn, lieber Vater! Ich lebe noch! Ach rett' ihm den
Leib! Ach rett' ihm die Seele! — Ich verstand nicht,
was das Nachtgesicht haben wollte; da kam Euer Bote,
und nun eilt' ich hierher, nicht zu trauen, wohl aber zu
trennen, was nicht zusammengehören darf. Laß von
ihr, Huldbrand! Laß von ihm, Bertalda! Er gehört
noch einer Andern, und siehst Du nicht den Gram um
die verschwundene Gattin auf seinen bleichen Wangen?
So sieht kein Bräutigam aus, und der Geist sagt es mir, ob
Du ihn auch nicht lässest, doch nimmer wirst Du sein froh.

Die dreie empfanden im innersten Herzen, daß der
Pater Heilmann die Wahrheit sprach, aber sie wollten es
nun einmal nicht glauben.  Selbst der alte Fischer war
nun bereits so bethört, daß er meinte, anders könne es
gar nicht kommen, als sie es in diesen Tagen ja schon
oft mit einander besprochen hätten.  Daher stritten sie
denn alle mit einer wilden, trüben Hast gegen des
Geistlichen Warnungen, bis dieser sich endlich kopfschüttelnd und traurig aus der Burg entfernte, ohne die
dargebotene Herberge auch nur für diese Nacht annehmen
zu wollen oder irgend eine der herbeigeholten Labungen
zu genießen.  Huldbrand aber überredete sich, der Geistliche sei ein Grillenfänger, und sandte mit Tagesanbruch
nach einem Pater aus dem nächsten Kloster, der auch
ohne Weigerung verhieß, die Einsegnung in wenigen
Tagen zu vollziehen.

# Siebzehntes Kapitel.

## Des Ritters Traum.

----

Es war zwischen Morgendämmerung und Nacht, da lag der Ritter halb wachend, halb schlafend auf seinem Lager. Wenn er vollends einschlummern wollte, war es, als stände ihm ein Schrecken entgegen und scheuchte ihn zurück, weil es Gespenster gebe im Schlaf. Dachte er aber sich alles Ernstes zu ermuntern, so wehte es um ihn her, wie mit Schwanenfittigen und mit schmeichelndem Wogenklang, davon er allemal wieder in den zweifelhaften Zustand, angenehm bethört, zurück= taumelte. Endlich aber mochte er doch wohl ganz ein= geschlafen sein, denn es kam ihm vor, als ergreife ihn das Schwanengesäusel auf ordentlichen Fittigen und trage ihn weit fort über Land und See und singe immer aufs anmutigste dazu. — Schwanenklang, Schwanengesang, mußte er immerfort zu sich selbst sagen, das bedeutet ja wohl den Tod. — Aber es hatte vermutlich noch eine andre Bedeutung. Ihm ward nämlich auf einmal, als schwebe er über dem Mittelländischen Meer. Ein Schwan sang ihm gar tönend in die Ohren, dies sei das Mittelländische Meer. Und während er in die Fluten hinuntersah, wurden sie zu lauterm Krystalle, daß er hineinschauen konnte bis auf den Grund. Er freute sich sehr darüber, denn er konnte Undinen sehen, wie sie

unter den hellen Kryſtallgewölben ſaß.   Freilich weinte
ſie ſehr und ſahe viel betrübter aus als in den glücklichen
Zeiten, die ſie auf Burg Ringſtetten mit einander verlebt
hatten, vorzüglich zu Anfang und auch nachher, kurz ehe
ſie die unſelige Donaufahrt begannen.   Der Ritter
mußte an alles das ſehr ausführlich und innig denken,
aber es ſchien nicht, als werde Undine ſeiner gewahr.
Indeſſen war Kühleborn zu ihr getreten und wollte ſie
über ihr Weinen ausſchelten.   Da nahm ſie ſich zu=
ſammen und ſah ihn vornehm und gebietend an, daß er
faſt davor erſchrak.   Wenn ich hier auch unter den
Waſſern wohne, ſagte ſie, ſo hab' ich doch meine Seele
mit herunter gebracht.   Und darum darf ich wohl weinen,
wenn Du auch gar nicht erraten kannſt, was ſolche
Thränen ſind.   Auch die ſind ſelig, wie alles ſelig iſt
dem, in welchem treue Seele lebt. — Er ſchüttelte
ungläubig mit dem Kopfe und ſagte nach einigem
Beſinnen: Und doch, Nichte, ſeid Ihr unſeren Ele=
mentargeſetzen unterworfen, und doch müßt Ihr ihn
richtend ums Leben bringen, dafern er ſich wieder ver=
ehelicht und Euch untreu wird. — Er iſt noch bis dieſe
Stunde ein Witwer, ſagte Undine, und hat mich aus
traurigem Herzen lieb. — Zugleich iſt er aber auch ein
Bräutigam, lachte Kühleborn höhniſch, und laßt nur erſt
ein paar Tage hingehn, dann iſt die prieſterliche Ein=
ſegnung erfolgt, und dann müßt Ihr doch zu des Zwei=
weibrigen Tode hinauf. — Ich kann ja nicht, lächelte
Undine zurück.   Ich habe ja den Brunnen verſiegelt, für
mich und meinesgleichen feſt. — Aber wenn er von
ſeiner Burg geht, ſagte Kühleborn, oder wenn er einmal
den Brunnen wieder öffnen läßt!   Denn er denkt gewiß

blutwenig an alle diese Dinge. — Eben deshalb, sprach
Undine und lächelte noch immer unter ihren Thränen,
eben deshalb schwebt er jetzt im Geiste über dem Mittel=
meer und träumt zur Warnung dies unser Gespräch.
Ich hab' es wohlbedächtig so eingerichtet. — Da sah
Kühleborn ingrimmig zu dem Ritter hinauf, dräuete,
stampfte mit den Füßen und schoß gleich darauf pfeil=
schnell unter den Wellen fort. Es war, als schwelle er
vor Bosheit zu einem Walfisch auf. Die Schwäne
begannen wieder zu tönen, zu fächeln, zu fliegen; dem
Ritter war es, als schwebe er über Alpen und Ströme
hin, schwebe endlich zur Burg Ringstetten herein und
erwache auf seinem Lager.

Wirklich erwachte er auf seinem Lager, und eben trat
sein Knappe herein und berichtete ihm, der Pater Heil=
mann weile noch immer hier in der Gegend; er habe ihn
gestern zu Nacht im Forste getroffen unter einer Hütte,
die er sich von Baumästen zusammengebogen habe und
mit Moos und Reisig belegt. Auf die Frage, was er
denn hier mache, denn einsegnen wolle er ja doch nicht,
sei die Antwort gewesen: Es giebt noch andre Ein=
segnungen als die am Traualtar, und bin ich nicht zur
Hochzeit gekommen, so kann es ja doch zu einer andern
Feier gewesen sein. Man muß alles abwarten. Zudem ist
ja Trauen und Trauern gar nicht so weit auseinander, und
wer sich nicht mutwillig verblendet, der sieht es wohl ein.

Der Ritter machte sich allerhand wunderliche Gedanken
über diese Worte und über seinen Traum. Aber es hält
sehr schwer, ein Ding zu hintertreiben, das sich der
Mensch einmal als gewiß in den Kopf gesetzt hat, und so
blieb denn auch alles beim Alten.

# Achtzehntes Kapitel.

### Wie der Ritter Huldbrand Hochzeit hielt.

———

Wenn ich Euch erzählen sollte, wie es bei der Hoch=
zeitsfeier auf Burg Ringstetten zuging, so würde
Euch zu Mute werden, als sähet Ihr eine Menge von
blanken und erfreulichen Dingen aufgehäuft, aber drüber
hin einen schwarzen Trauerflor gebreitet, aus dessen ver=
dunkelnder Hülle hervor die ganze Herrlichkeit minder
einer Lust gliche als einem Spott über die Nichtigkeit
aller irdischen Freuden. Es war nicht etwa, daß irgend
ein gespenstisches Unwesen die festliche Geselligkeit ver=
stört hätte, denn wir wissen ja, daß die Burg vor den
Spukereien der dräuenden Wassergeister eine gefeite
Stätte war. Aber es war dem Ritter und dem Fischer
und allen Gästen zu Mut, als fehle noch die Hauptperson
bei dem Feste, und als müsse diese Hauptperson die
allgeliebte, freundliche Undine sein. So oft eine Thür
aufging, starrten aller Augen unwillkürlich dahin, und
wenn es dann weiter nichts war, als der Hausmeister
mit neuen Schüsseln oder der Schenk mit einem Trunk
noch edlern Weins, blickte man wieder trüb vor sich hin,
und die Funken, die etwa hin und her von Scherz und
Freude aufgeblitzt waren, erloschen in dem Tau weh=
mütigen Erinnerns. Die Braut war von allen die
leichtsinnigste und daher auch die vergnügteste; aber

selbst ihr kam es bisweilen wunderlich vor, daß sie in dem grünen Kranze und den goldgestickten Kleidern an der Oberstelle der Tafel sitze, während Undine als Leichnam starr und kalt auf dem Grunde der Donau liege oder mit den Fluten forttreibe ins Weltmeer hinaus. Denn seit ihr Vater ähnliche Worte gesprochen hatte, klangen sie ihr immer vor den Ohren und wollten vorzüglich heute weder wanken noch weichen.

Die Gesellschaft verlor sich bei kaum eingebrochner Nacht, nicht aufgelöst durch des Bräutigams hoffende Ungeduld, wie sonsten Hochzeitsversammlungen, sondern nur ganz trüb und schwer auseinandergedrückt durch freudlose Schwermut und Unheil kündende Ahnungen. Bertalda ging mit ihren Frauen, der Ritter mit seinen Dienern, sich auszukleiden; von dem scherzend-fröhlichen Geleit der Jungfrauen und Junggesellen bei Braut und Bräutigam war an diesem trüben Feste die Rede nicht.

Bertalda wollte sich aufheitern; sie ließ einen präch= tigen Schmuck, den Huldbrand ihr geschenkt hatte, samt reichen Gewanden und Schleiern vor sich ausbreiten, ihren morgenden Anzug aufs Schönste und Heiterste daraus zu wählen. Ihre Dienerinnen freuten sich des Anlasses, Vieles und Fröhliches der jungen Herrin vorzusprechen, wobei sie nicht ermangelten, die Schön= heit der Neuvermählten mit den lebhaftesten Worten zu preisen. Man vertiefte sich mehr und mehr in diese Betrachtungen, bis endlich Bertalda, in einen Spiegel blickend, seufzte: Ach, aber seht Ihr wohl die werdenden Sommersprossen hier seitwärts am Halse? — Sie sahen hin und fanden es freilich, wie es die schöne Herrin gesagt hatte, aber ein liebliches Mal nannten sie's, einen

kleinen Flecken, der die Weiße der zarten Haut noch
erhöhe. Bertalda schüttelte den Kopf und meinte, ein
Makel bleib' es doch immer. — Und ich könnt' es los
sein, seufzte sie endlich. Aber der Schloßbrunnen ist zu,
aus dem ich sonst immer das köstliche, hautreinigende
Wasser schöpfen ließ. Wenn ich doch heut' nur eine
Flasche davon hätte! — Ist es nur das? lachte die
behende Dienerin und schlüpfte aus dem Gemach. — Sie
wird doch nicht so toll sein, fragte Bertalda wohlgefällig
erstaunt, noch heut' Abend den Brunnenstein abwälzen
zu lassen? — Da hörte man bereits, daß Männer über
den Hof gingen, und konnte aus dem Fenster sehn, wie
die gefällige Dienerin sie gerade auf den Brunnen los
führte, und sie Hebebäume und andres Werkzeug auf den
Schultern trugen. — Es ist freilich mein Wille, lächelte
Bertalda; wenn es nur nicht zu lange währt. — Und
froh im Gefühl, daß ein Wink von ihr jetzt vermöge, was
ihr vormals so schmerzhaft geweigert worden war,
schaute sie auf die Arbeit in den mondhellen Burghof
hinab.

Die Männer hoben mit Anstrengung an dem großen
Stein; bisweilen seufzte wohl einer dabei, sich erinnernd,
daß man hier der geliebten vorigen Herrin Werk zerstöre.
Aber die Arbeit ging übrigens viel leichter, als man
gemeint hatte. Es war, als hülfe eine Kraft aus dem
Brunnen heraus den Stein emporbringen. — Es ist ja,
sagten die Arbeiter erstaunt zu einander, als wäre das
Wasser drinnen zum Springborne worden. — Und mehr
und mehr hob sich der Stein, und fast ohne Beistand der
Werkleute rollte er langsam mit dumpfem Schallen auf
das Pflaster hin. Aber aus des Brunnens Öffnung

stieg es gleich einer weißen Wassersäule feierlich herauf;
sie dachten erst, es würde mit dem Springbrunnen
Ernst, bis sie gewahrten, daß die aufsteigende Gestalt ein
bleiches, weißverschleiertes Weibsbild war.  Das weinte
bitterlich, das hob die Hände ängstlich ringend über das
Haupt und schritt mit langsam ernstem Gange nach dem
Schloßgebäu.  Auseinander stob das Burggesind vom
Brunnen fort; bleich stand, Entsetzens starr, mit ihren
Dienerinnen die Braut am Fenster.  Als die Gestalt
nun dicht unter deren Kammern hinschritt, schaute sie
winselnd nach ihr empor, und Bertalba meinte unter dem
Schleier Undinens bleiche Gesichtszüge zu erkennen.
Vorüber aber zog die Jammernde schwer, gezwungen,
zögernd, wie zum Hochgericht.  Bertalda schrie, man
solle den Ritter rufen; es wagte sich keine der Zofen aus
der Stelle, und auch die Braut selber verstummte wieder,
wie vor ihrem eigenen Laut erbebend.

Während jene noch immer bang' am Fenster standen,
wie Bildsäulen regungslos, war die seltsame Wandrerin
in die Burg gelangt, die wohlbekannten Treppen hinauf,
die wohlbekannten Hallen durch, immer in ihren Thränen
still.  Ach, wie so anders war sie einstens hier umher-
gewandelt! —

Der Ritter aber hatte seine Diener entlassen.  Halb
ausgekleidet, in betrübtem Sinnen stand er vor einem
großen Spiegel; die Kerze brannte dunkel neben ihm.
Da klopfte es an die Thüre mit leisem, leisem Finger.
Undine hatte sonst wohl so geklopft, wenn sie ihn
freundlich necken wollte. — Es ist alles nur Phan-
tasterei! sagte er zu sich selbst.  Ich muß ins Hochzeits-
bett. — Das mußt Du, aber in ein kaltes! hörte er eine

weinende Stimme draußen vor dem Gemache sagen, und
dann sah er im Spiegel wie die Thüre aufging, langsam,
langsam, und wie die weiße Wandrerin hereintrat und
sittig das Schloß wieder hinter sich zudrückte. Sie haben
den Brunnen aufgemacht, sagte sie leise, und nun bin ich
hier, und nun mußt Du sterben. — Er fühlte in seinem
stockenden Herzen, daß es auch gar nicht anders sein
könne, deckte aber die Hände über die Augen und sagte:
Mache mich nicht in meiner Todesstunde durch Schrecken
toll. Wenn Du ein entsetzliches Antlitz hinter dem
Schleier trägst, so lüfte ihn nicht und richte mich, ohne
daß ich Dich schaue. — Ach, entgegnete die Wandrerin,
willst Du mich denn nicht noch ein einziges Mal sehn?
Ich bin schön wie als Du auf der Seespitze um mich
warbst. — O wenn das wäre, seufzte Huldbrand, und
wenn ich sterben dürfte an einem Kusse von Dir! —
Recht gern, mein Liebling, sagte sie. Und ihren Schleier
schlug sie zurück, und himmlisch schön lächelte ihr holdes
Antlitz daraus hervor. Bebend vor Liebe und Todes-
nähe neigte sich der Ritter ihr entgegen, sie küßte ihn mit
einem himmlischen Kusse, aber sie ließ ihn nicht mehr
los, sie drückte ihn inniger an sich und weinte, als wolle
sie ihre Seele fortweinen. Die Thränen drangen in des
Ritters Augen und wogten im lieblichen Wehe durch
seine Brust, bis ihm endlich der Atem entging, und er
aus den schönen Armen als ein Leichnam sanft auf die
Kissen des Ruhebettes zurücksank.

Ich habe ihn totgeweint, sagte sie zu einigen Dienern,
die ihr im Vorzimmer begegneten, und schritt durch die
Mitte der Erschreckten langsam nach dem Brunnen
hinaus.

# Neunzehntes Kapitel.

### Wie der Ritter Huldbrand begraben ward.

---

Der Pater Heilmann war auf das Schloß gekommen,
sobald des Herrn von Ringstetten Tod in der
Gegend kund geworden war, und just zur selben Stunde
erschien er, wo der Mönch, welcher die unglücklichen
Vermählten getraut hatte, von Schreck und Grausen
überwältigt, aus den Thoren floh. — Es ist schon recht,
entgegnete Heilmann, als man ihm dieses ansagte; und
nun geht mein Amt an, und ich brauche keinen Gefährten.
— Darauf begann er die Braut, welche zur Witwe
worden war, zu trösten, so wenig Frucht es auch in
ihrem weltlich-lebhaften Gemüte trug.  Der alte Fischer
hingegen fand sich, obzwar von Herzen betrübt, weit
besser in das Geschick, welches Tochter und Schwieger=
sohn betroffen hatte, und während Bertalda nicht
ablassen konnte, Undinen Mörderin zu schelten und
Zauberin, sagte der alte Mann gelassen: Es konnte nun
einmal nicht anders sein.  Ich sehe nichts darin, als die
Gerichte Gottes, und es ist wohl niemandem Huldbrands
Tod mehr zu Herzen gegangen, als der, die ihn ver=
hängen mußte, der armen verlassenen Undine! — Dabei
half er die Begräbnisfeier anordnen, wie es dem Range
des Toten geziemte.  Dieser sollte in einem Kirchdorfe
begraben werden, auf dessen Gottesacker alle Gräber

seiner Ahnherren standen, und welches sie, wie er selbst,
mit reichlichen Freiheiten und Gaben geehrt hatten.
Schild und Helm lagen bereits auf dem Sarge, um mit
in die Gruft versenkt zu werden, denn Herr Huldbrand
von Ringstetten war als der letzte seines Stammes
verstorben; die Trauerleute begannen ihren schmerz=
vollen Zug, Klagelieder in das heiter=stille Himmelblau
hinaufsingend, Heilmann schritt mit einem hohen Krucifix
voran, und die trostlose Bertalda folgte, auf ihren alten
Vater gestützt. — Da nahm man plötzlich inmitten der
schwarzen Klagefrauen in der Wittib Gefolge eine schnee=
weiße Gestalt wahr, tief verschleiert, und die ihre Hände
inbrünstig jammernd emporwand.  Die, neben welchen
sie ging, kam ein heimliches Grauen an, sie wichen zurück
oder seitwärts, durch ihre Bewegung die andern, neben
die nun die weiße Fremde zu gehen kam, noch sorglicher
erschreckend, so daß schier darob eine Unordnung unter
dem Trauergefolge zu entstehen begann.  Es waren
einige Kriegsleute so dreist, die Gestalt anreden und aus
dem Zuge fortweisen zu wollen, aber denen war sie wie
unter den Händen fort und ward dennoch gleich wieder
mit langsam=feierlichem Schritte unter dem Leichengefolge
mitziehend gesehen.  Zuletzt kam sie während des be=
ständigen Ausweichens der Dienerinnen bis dicht hinter
Bertalda.  Nun hielt sie sich höchst langsam in ihrem
Gange, so daß die Wittib ihrer nicht gewahr ward und
sie sehr demütig und sittig hinter dieser ungestört fort=
wandelte.

Das währte, bis man auf den Kirchhof kam, und der
Leichenzug einen Kreis um die offne Grabstätte schloß.
Da sah Bertalda die ungebetene Begleiterin, und halb in

Zorn, halb in Schreck auffahrend, gebot sie ihr von der
Ruhestätte des Ritters zu weichen.  Die Verschleierte
aber schüttelte sanft verneinend ihr Haupt und hob die
Hände wie zu einer demütigen Bitte gegen Bertalda
auf, davon sich diese sehr bewegt fand und mit Thränen
daran denken mußte, wie ihr Undine auf der Donau das
Korallenhalsband so freundlich hatte schenken wollen.
Zudem winkte Pater Heilmann und gebot Stille, da man
über dem Leichnam, dessen Hügel sich eben zu häufen
begann, in stiller Andacht beten wollte.  Bertalda schwieg
und kniete, und alles kniete, und die Totengräber auch,
als sie fertig geschaufelt hatten.  Da man sich aber wieder
erhob, war die weiße Fremde verschwunden; an der
Stelle, wo sie gekniet hatte, quoll ein silberhelles
Brünnlein aus dem Rasen; das rieselte und rieselte
fort, bis es den Grabhügel des Ritters fast ganz um-
zogen hatte; dann rann es fürder und ergoß sich in
einen Weiher, der zur Seite des Gottesackers lag.  Noch
in späten Zeiten sollen die Bewohner des Dorfes die
Quelle gezeigt und fest die Meinung gehegt haben, dies
sei die arme verstoßene Undine, die auf ihre Art noch
immer mit freundlichen Armen ihren Liebling umfasse.

## Ende.